KB061125

3n의 세계

일러두기

- 현실 감각에 기반한 에세이인 만큼 일상어인 입말을 살린 표현들이 있습니다.
  (ex: 숏컷, 바리깡, 노브라 등)
- 영화, 드라마, 시 등은 〈 〉, 도서는 《 》, 기사는 " "로 표기하되 맥락에 따라 예외를 두었습니다.

3n의 세계

30대 한국 여성이
몸으로 겪는
언스펙터클 분투기

박문영 지음

한겨레출판

〈쇼미더머니8〉에 출연한 짱유의 본선8강 무대를 본다. 그는 힙합 경연에서 혼자 노래를 불렀다. 피처링도 쓰지 않았다. 전략 보다는 기질대로였다. 마음 가는 대로 움직인 것 같았다. 공연 중엔 열을 주체할 수 없어 괴성을 질렀고 후반부엔 어쩐 일인지 콧등에 피까지 났다. 사악한 서바이벌 쇼에 나타난 이 빌리 엘리어트 같은 아티스트는 그 독무대를 끝으로 탈락했다. 5분도 채 안 되는 곡에서 몸을 다해 자기 서사를 쏟고는 담담히 현장을 물러났다.

－나는 혼자. 넌 나를 몰라. 잠이 들기 전에 떠올라. 아직까지도 너를 기다려.

졌지만 진 걸까. 이걸 패배라고 부를 수 있나. 빛나는 폐쇄성,

고요한 발산, 허약한 아름다움. 돌아볼수록 남은 게 더 많은 무대였다.

편집자님과 처음 만난 날, 나는 활자 없는 그림책을 만들고 싶다고 했다.

-음, 그래도 글이 들어가는 게 좋지 않을까요?

-그런가요? 역시 그림만으로 이야기하기는 어렵겠죠?

몇 개월이 지나자 나는 글과 그림으로 고성을 지르는 사람이 되어 있었다. 첫 고백이라 해도 이렇게까지 내 말을 쏟아내는 책이 될 줄 몰랐다. 쓰고 그린 걸 있는 대로 내보이고 나니 수치를 모르는 자연인이 된 것만 같다.

이 에세이툰은 내가 20대에서 30대로, 미혼에서 기혼으로, 수도권에서 지방으로 이동하는 동안 남겨보는 허름한 표류기이다. 짧게는 한 한국 여성의 '3n초가(사면초가)' 수기라 부를 수도 있겠다. 날이 갈수록 알기 싫은, 알고 싶은 두 길 말고 알 수 없는 길에 드는 기분이다. 인류애가 사라지는 날이 빈번히 닥치지만 몸을 일으킨 이튿날이면 세상에 대한 잔정이 다시 움트는 걸 느낀다. 매해 더 맑고 넓은 존재가 되어, 내 바깥과 경로를 잘 응시하고 싶어진다. 고기보다는 탄수화물을 훨씬 좋아하지만 언젠가는 고기를 완전히 안 먹는 사람이 되고도 싶다.

의자를 빼면서, "가져가도 돼요?"라고 묻는 사람이 되기 싫다. 지하철에서 나오는 사람들을 그대로 밀며 승차하는 사람이 되기 싫다. 혼자 있고 싶은 사람 곁에 붙고, 함께 있고 싶은 사람 곁을 떠나는 사람이 되기 싫다. 하찮은 일에도 수단과 방법을 숙고하는 사람이 되고 싶다. 고마움과 부당함을 분별하는 사람이 되고 싶다. 내 체구보다 작은 아이들과 동물들이 영원히 만만해하는 사람이 되고 싶다.

슬픈 일일지, 평범한 일일지 모르지만 3n을 지내며 내가 돌발 상황과 변수에 은근히 강해졌다는 걸 깨닫는다. 그러니 이 에세이툰이 30대를 통과한 독자들에게는 귀엽게, 30대를 앞둔 독자들에게는 낯설게 보이면 좋겠다. 골골이와 함께 이야기 사이를 거닐 산책자들이 이렇게 무식한 시행착오는 피하라는 안내 문구를 읽고 수상한 고랑을 돌아가길 바란다.

책에 등장하는 친구들, 혈육들, 멀고도 가까운 동료들에게 감사드린다. 한겨레출판 편집부의 성의도 잊지 못할 것이다. 소통과 공감이 수월한, 가벼운 일화들에 대한 기대를 박살내는 원고들을 보냈는데도 긴급회의를 여는 대신 격려를 보내주셨다. 지면을 빌어 그간 함께 일했던 모든 편집자들에게도 애정을 전한다.

수년 전 한 공모전에 단편소설이 선정된 적이 있다. 서른 초입에 쓴 단편이었고, 그게 떨어져도 늘 그랬듯 혼자 작업할 생각이었다. 내 소설이 뽑힌 이유는 간단하다. 수상자가 단 한 명이 아닌 열 명이었기 때문이다. 표제작이 없었다. 흠 없이 매끄럽지 않아도 괜찮았다. 그 경쟁은 절실하고 혹독한, 절대로 낙오하면 안 되는 장이 아니었다. 여전히 그 시작을 떠올리면 기쁘다. 더 많은 이들, 더 많은 여성들이 자기가 부딪혀본 세상을 무절제하게 들려줬으면 좋겠다.

2019년 10월, 남쪽에서 박문영 드림

차례

3부 멀리서 보는 우리

1부

코리안
숏헤어

머리카락을 짧은 상태로 유지하는 건 생각보다 쉽지 않다. 자라나는 대로 방치해두는 게 심간 편한 모발 관리법이다. 하지만 머리카락이 굵고 숱이 빽빽할 때 사정은 다르다. 털을 자연인 상태로 두면 뒷목과 어깨가 뻐근해지고 만사에 금방 지친다. 중력이 더 세게 작용하기 때문일까(픽이나).

오랫동안 숏컷을 유지해왔다. 수영모를 빨리 쓰려고, 머리털 말리는 시간이 지루해서, 홀가분한 게 좋아서. 투블럭, 상고머리, 뱅 정도를 순환하던 중에 불쑥 결심이 서서 미용실 문을 열었다.

- 아주, 아주 짧게 잘라주세요. 반삭으로요.

- 예? 정말요? 왜요?

-안 어울리면 비니 쓰고 다니면 되니까 괜찮아요. 확 자르고 싶어서요.

　-겨울이니까 모자로 가려도 되긴 하는데. 아, 저, 왜 꼭 미시려고.

　-너무 조심스러워하지 마시고, 이렇게 짧아도 되나 싶을 정도로 짧게 잘라주세요.

　-아이고, 정말. 무슨 일 있으세요? 지금도 짧은데.

　-짧은 게 편해서 그러니까 걱정 마시고 잘라주세요. 네? 한 번 경계를 넘어보세요.

　-그러면…… 저, 그 사람. 이은미 스타일로 갈까요?

　-와. 모델이 있어서 좋네요. 네. 그 정도로 확 쳐주세요.

　처음 보는 미용사분과 100분 토론을 할 뻔했다. 원하는 길이를 확정하고 들어갔는데도 만류가 길어졌다. 고된 설득, 응원, 격려 끝에 드디어 목 아래 가운이 드리워졌다.

　머리형이 완성되어가는 동안 직원의 얼굴로 희미한 장난기, 끝 간데없는 불안, 내적 자아와의 싸움, 원죄의식, 어제의 꿈자리, 골똘한 직업관이 차례로 지나갔다. 떨리는 바리깡이 뒷덜미를 거쳐 귀 옆을 쟁쟁 스치고 지나갈 때마다 의연한 척 윗니아랫니를 지그시 물었다. 태어난 이래, 가장 짧게 자른 모발이었다. 그가 가위를 내려놓자 머리통이 추워졌다. 크나큰 박하사탕이 된 것 같았다. 성탄절에 머리카락을 잘라 남편의 시계줄을 산 가련한 아내 이야기도 떠올랐다.

투블럭은 머리털 뚜껑이 파르스름한 두피를 가려줬지만 이번 반삭엔 안전장치가 없다. 돌이켜보니 귀와 목을 평소보다 더 깨끗하게 유지해야 할 것 같다. 기미, 점, 각질, 뾰루지, 볼살 모두가 3.75배 더 확연하게 드러난다. 어린 시절 과묵하며 (거기 있기 싫었으니까) 행동반경이 크지 않다는 (놀 데가 없으니까) 이유만으로 내게 천상여자라는 소리를 했던 친지들은 지금의 나를 결코 알아보지 못할 것이다.

직원이 스펀지를 들어 얼굴을 털어낸다. 아, 이게 실제구나. 물러설 곳 없이 받아들여야 할 현실이구나. 깨끗이 망했지만 괜찮다. 그래. 어울리지 않든 어울리든 잘라봐야 아는 것이다. 이건 내 결정이지 벌칙이 아냐(입틀막). 암, 내 편의가 타인의 평가보다 중요하지. 그런데 가운을 벗는 순간 몸이 굳는다. 직원이 소파에 앉아 있던 B에게 염려스러운 표정으로 이런 말을 건넨 것이다.

─아유, 괜찮으세요? 남편분이 대단하시다.

머리카락을 자른 당사자는 나인데 그는 내가 제외된 구역에

쓸쓸한 말을 던진다. B는 별안간 아내의 반삭을 허락한 관대한 인간으로, 나는 멋대로 오기를 부린 괴짜로 남았다. 직원의 연령과 태도를 유추해보면 그렇게 뜨악한 상황은 아니지만, 밝고 씩씩해 호감이 가는 분이지만, 동시에 그를 어떻게든 이해하려는 나 자신도 거북하다. 거울에 얼굴을 가까이 붙이고 눈두덩에 달라붙은 털들을 떼어내며 생각한다. 그래도 미미한 성취는 있다고. 앞으로 다른 여성이 삭발을 해달라고 할 때 미용사분이 너무 놀라지는 않겠지. 고객과의 설전이 짧겠지.

문을 열고 길가에 나서자마자 코랄 핑크빛 원피스를 입은 긴 생머리의 여성분이 걸어온다. "우리가 어떤 장르, 어느 시대에 있는 건가요?"라고 묻고 싶다. 반삭에 국방색 아우터를 걸친 내가 메텔 옆 철이처럼 여겨진다. 다양한 여성상의 예시를 보여주기 위해 나다니는 기분마저 든다. 그런데도 미소가 번진다. 이 간극과 스펙트럼이 근사하다고 생각한다. 제멋대로 자신을 건사하는 일이 온당하다고 믿는다.

두발 현황을 듣게 된 언니E가 ㅋㅋㅋ와 ㅠㅠㅠㅠ로 점철된 문자 뒤에 손뜨개질로 모자를 떠준다고 했다. 오랜만에 본 엄마, 아빠가 일언반구도 없기에 웬일로 타자에 대한 관용치와 이해도가 높아졌다고 생각했는데 나중에 동생에게 전해 들으니 하

반상 한 번 했는데

도 어이가 없어서 투명머리 취급을 한 거라고 했다.

길고양이들과 집고양이들은 예전과 다를 바 없이 내 곁에 몸을 붙이고 꼬리를 떤다. 머리털의 변화 따위 괘념치 않는, 선악과 미추를 분별하지 않는 본성이 뭉클하다. 늘 정확한 숏컷을 유지하는 그들의 유전자가 어느 때보다 훌륭해 보인다.

마동석으로
살고 싶다만

택시에 올라 2분쯤 지났을 때 기사분의 핸드폰이 울린다. 스피커로 동료의 음성이 나온다.

– 어디야?

– 나 이제 나왔어.

– 어디 가는데?

– 어디? 죽으러. 죽으러 간다!

뒷좌석에서 눈을 껌뻑이던 나는 속으로 외친다.

– '저, 저는요? 전 지금 그럴 생각이 없는데요.'

통화를 끝내고 긴 하품을 하는 그를 보다가 오래전 다른 기사분이 생각났다.

12월 밤, 택시를 잡고 나자 긴장이 턱 풀렸다. 술을 아무리 마서도 취하지 않던 어려운 자리였다. 깊게 숨을 내쉬고 창밖 야경을 보고 있을 때 혼이 나갈 뻔했다.

– 재밌냐?

기사분이 낮은 목소리로 물었다.

– 이때까지 노니까 재밌냐고?

달리는 차 밖으로는 헤드라이트를 쏘며 질주하는 차들이, 차 밑으로는 컴컴한 강물뿐이다. 위기 시 IQ가 340 가까이 치솟는다는 바퀴벌레처럼 내 뇌도 평소보다 4배는 더 활성화된다. 아니, 모든 감지 기능이 단계별 최고압에 이르니 활성이 아니라 마비였다. 부드러운 귤빛 야경, 일렁이는 물결, 아름다운 소수점으로 이뤄진 풍경은 사라지고 택시 뒷자리는 생사, 0과 1밖에 없는 벡터 세계로 변했다. 오른손으로는 뒷문 손잡이를, 왼손으로는 핸드폰을 꽉 그러쥐었다. 내 심장 소리가 이렇게 컸나. 관자놀이까지 쿵쿵거렸다.

– 으하하하하.

그가 큰 소리로 웃는다. 나는 앞을 노려봤다. 턱에 저 까만 건 뭐지. 맙소사. 기사분은 통화 중이었다. '아, 저게 핸즈프리구나…….' 결단코 신기술의 도입을 이렇게 확인하고 싶지 않았다. 지금처럼 상용화가 이뤄지지 않은 때였다. 상황을 파악한 직후부터 상체가 감말랭이처럼 짜부라졌다. 그는 아무것도 짐작하지 못한 채 친구와 유쾌하게 이야기를 이어나갔다.

둘째 동생은 웹에서 본 팁을 킬킬대며 전한다.

– 밤에 택시 타고 가다가 기운이 쎄하면 갑자기 몸을 웅크려. 기사가 왜 그러냐고 하면 경찰차 보고 놀랐다고, 출소한 지 얼마 안 돼 그렇다고 해.

– 아예 두부를 막 퍼먹으면서 가면 되겠네. 세상 엄청 바뀌었다고 하면서.

– 미터기 보면서 언제부터 그게 기본요금이냐고 묻고. 담배 물었다가 아, 피면 안 돼요? 하고.

정신없던 상황극은 곧 한숨으로 끝난다.

귀갓길, 사람이 안 보인다 싶으면 팟캐스트를 이어폰 없이 틀어둔다. 광고가 많이 붙는 인기 프로는 피한다. 낯모르는 또래 진행자 한둘이 일상적으로 떠들수록 좋다. 그들이 내 친구인 척 연기한다. '나는 지금 통화 중이고, 비명을 지른다면 핸드폰 속 친구가 바로 알 거야'라는 신호다. 현관 비번을 누를 때까지 가방 외부주머니에 상비해둔 소형 캡사이신 스프레이를 만지작거린다. 이렇게 남루한 생존 양식이라니. 이렇게 허름한 방어책이라니. 귀갓길마다 마동석으로 둔갑하고 싶은 심정이다. 탈인체

3.0 버전으로 몸을 개조할 수 없다면 목소리라도 옷처럼 바꿀 수 있으면 좋겠다.

하지만 누군가를 충분히 제어할 수 있기 때문에 무사할 거란 짐작도, 그가 나의 우락부락한 몸을 보고 의욕이 꺾일 거란 예상도 초라하다. 그는 언제고 다시 가격할 수 있는 대상을 찾아갈 것이기 때문이다. 체격과 근육이 클수록 안전한 사회가 어떻게 안전한 사회일까. 엄밀히는 사회에 이르지 못한 개체 무리, 이익집단에 가까울 것이다. 약육강식, 각자도생이란 말은 얼마나 못생긴 조합어인가.

극장에서 캡틴마블이 대기권을 뚫고 우주로 마구 전진할 때, 주절거리는 남자의 말을 다 듣지도 않고 주먹을 날릴 때, 피식 웃음이 나다가도 완전히 기쁘지 않았던 건, 두 손이 따뜻해지지 않았던 건 이런 까닭인지도 모르겠다. 방해 없이 어디로든 갈 수 있는 그가 멋지지만 (브리 라슨이 훌륭한 배우인 걸 알지만 그리고 무장무애의 여성 히어로를 처음 만날 여자아이의 눈이 미리 벅차기도 하지만) 불꽃을 뿜는 주인공의 활약이 오로지 저 스크린 속에서만 가능할 거란 생각 때문에. 기본권인 안전이 너무 오래 위협받아 어깨가 졸아들었기 때문에. 궁극적으로는 여기서 폭력 없이 강인해질 수 있는 방법을 알고 싶기 때문에.

그 밖의 인상 깊었던 택시들

4만원
4왔어

20분 탔는데 들은 말
가격 흥정룰이 있던 동네에서
아무것도 모르고 승차했을 때

언니, 다왔는데!
돈이 모자라요
아이고,
금방 나갈게

아가씨,
장난해?!
나 영업 못했어

두고 내린 핸드폰을 가져오신
기사님께 롤케익과 음료를
건넸다가 거절당했을 때

으이그
3분 만에
왔으면서

한 번
구경해도
되지?

동물 병원 가는 길, 신호 대기 시간에
몸을 돌린 기사님이 케이지에서
고양이를 꺼내 보자고 했을 때

노오오!!!

❈ 고양이는 환경 변화에 극심한 스트레스를
받기에 낯선 곳에서는 몸을 가려야 함

노브라이프

브라를 안 한 지 4년쯤 된다. 노브라 생활을 결기와 투쟁심으로 시작한 건 아니었다. 사람을 거의 만나지 않아도 되는 곳에서 지내고, 작업실엔 고양이들뿐인데 착용할 이유가 없었다. 정장으로 출근하지도, 가슴이 너무 크지도, 격렬한 운동을 하지도 않으니 여건이 좋았던 셈이다. 브라를 벗고 지내니 수족냉증이 사라지고 만성 소화불량에 차도가 생긴 기분이 들었다. 기지개를 켜거나 가방을 고쳐 멜 때 후크가 풀리면 몹시 굴욕스러웠는데 이제 그런 사태도 없었다(후크를 채우기 위해 다급히 찾던 주차장, 외진 골목, 캄캄한 비상구. 다신 만나지 말자. 안녕, 안녕!).

니플패치, 브라렛, 스포츠 브라, 인견브라. 나는 이 생활을 더 공고히 할 방법을 찾아봤는데 당최 성에 차질 않았다. 간지럽

고 두껍고 겉돌고. 각각이 사소하고 묘하게 불편했다. 그저 아무
것도 걸치고 싶지 않다는 욕구가 커졌다. 가을과 겨울은 뜻대로
지낼 수 있었다. 하지만 점퍼, 파카, 벙벙하고 두꺼운 상의, 울퉁
불퉁 엠보싱 문양이 붙어 어느 게 가슴인지 알아볼 수 없는 티
셔츠는 쌀쌀할 때만 입을 수 있었다. 여름! 여름에도 방도가 필
요했다. 내가 택한 최적의 무기는 조끼였다. 시장에서 신중을 기
해 고른 5천 원짜리 작업용 조끼는 얇아도 튼튼했다. 티셔츠 위
에 걸쳐도 덥지 않을뿐더러 유두가 완벽히 가려졌다.

　― 야, 나도 조끼 입어.

　다른 시에 사는 활동적인 친구 J는 이 문제에 나보다 더 골몰
하고 있었다. J는 아예 옷들을 수선한다고 했다. 가슴 자리에 주
머니를 달고 그 안에 마분지 또는 명함을 꽂거나 (선생님!) 접착
면이 있는 스웨이드 천을 (동대문에서 주문했다고) 가슴팍 안감에
붙여도 된다고 일러줬다. 우리는 만날 때마다 어떻게 하면 몸에
서 젖꼭지를 효과적으로 비가시화시킬 수 있는지 토의했다.

　― 남자도 가렸으면 좋겠어. 우리는 차도 난리, 안 차도 난리.
뭘 해도 오지랖이야.

　― 사람들이 다들 남한테 관심 없는 건 맞아. 근데 내가 신경
쓰인다니까?

ㅡ내 말이. 아직 나부터 의연해질 수가 없어.

유두가 부끄럽진 않았다. 다만 성가실 뿐이었다. 가슴 자체보다는 두 개의 지점을 꾸준히 의식하는 나와 남의 시선이 문제겠지. 스스로의 몸을, 몸 밖의 눈으로 본다는 건 오래된 악습이다. 그리고 몸의 특정 부위가 등한시되면 그곳은 부위가 되기 쉽다. 그렇게 신체의 일부가 줄곧 소외되는 건 서글픈 일이다. 기능보다 모양을 염려하라는 압박도 마찬가지로 몸을 분절시킨다. 그러다 보면 퇴근길 환승역에서 스쳐 지나가는 사람을 대하는 것만큼이나 무정하고 피폐한 태도로 자기 가슴을 보게 된다.

ㅡ'그거 가려.'

슈퍼에서 검은 비닐에 따로 넣어주던 생리대를 받아들 듯, 암묵적인 사회 규범어를 마찰 없이 알아듣게 된다. 낯설어 기이하다는 판단이 위험한 까닭은 그게 배제와 격리의 감각과 이어지기 쉽기 때문이다. 여성의 가슴 근육 해부도에 왜 혐오주의 표시가 붙어야 하나. 동성의 몸은 지면에서 왜 늦게 접하게 됐을까. 인간의 몸을 남성 신체로 학습하는 데 익숙해지면 여성에게도 여성 신체가 충격적으로 보이기 십상이다.

J와 나는 가슴해방운동의 일환으로 안양의 구제옷가게, 을지로의 자수 가게까지 돌았다. 겨울용 털 조끼, 자수 패드가 신념

지키기 게임의 아이템이라도 된 것 같았다. 부득이한 경우에 브라를 착용하긴 했지만 그럴 때마다 이상한 패배감이 들었다. 나의 노브라 습관은 어느새 오기로 진화했다. 가벼운 퀘스트를 통과하자 레벨을 올리고 싶었다. 이제는 외출할 때를 포함해 24시간, 365일 가슴에 아무것도 덧씌우고 싶지 않았다.

  – '이건 거의 최종 단계인데? 도전해볼까?'

  각오를 마친 나는 추석 때 시가에 브라를 하지 않고 갔다. 조끼도 걸치지 않고 가방 안에 비상용 브라를 챙겨 넣지도 않았다. 스스로가 반쯤은 용기 있게, 반쯤은 미련하게 여겨졌다. 차마 허리를 펴고 반듯이 서는 자세를 취할 수 없었기 때문이다. 나는 시가 거실을 흐느적거리며 걸어 다녔다. 이렇게 구부정해질 거면 차라리 차고 오는 게 나았겠다 싶으면서도 어쩐지 후련하기도 했다. 해냈어. 해냈다고. 근데 뭘? 누구를 위한 싸움이며 누가 이긴 건지도 불분명한 경기를 엉거주춤 치른다.

  하교 후, 집에 오면 가장 먼저 브라부터 내벗었다. 아빠가 공사 현장에 나가 집에 없는 날은 나를 포함해 엄마와 두 여동생까지 여성만 넷. 다들 속옷만 벗었을 뿐인데 웃음소리가 커지고 말이 길어졌다. 처지면 처지는 대로, 흔들리면 흔들리는 대로 티셔츠 속 가슴을 내버려뒀다. 아무도 다른 사람의 가슴을 신경 쓰지 않았다. 부피, 형태, 위치, 무게, 색깔. 그런 건 치워졌다. 다른 대화, 다른 소재가 즐비했다. 가슴을 펴고 떠들면 자유로웠다.

근래의 나는 365일 중 355일 정도는 브라 없이 지낸다. 철칙이란 걸 세우는 것도, 그걸 강건하게 고수하는 것도 대단한 일이지만 브라를 안 찬 게 더 신경 쓰일 것 같으면 가끔 착용하기로 했다. 누구와 상의할 것도 없다. 공인인증서 설치도, 구청의 승인도 필요 없다. 그러니 지금부터라도 남성 문인들은 누이의 젖가슴, 고향의 젖줄기, 봉긋한 젖무덤 어쩌고 식의 삼엽충만큼 오래된 표현을 제발 생각조차 하지 않았으면 좋겠다. 가슴은 그렇게 아스라한 곳에, 희뿌옇게 자리하지 않는다. 그건 저속하지도 신성하지도 않은 저마다의 모습으로 우리 몸에 현존하고 있으니까.

시장 조끼의 장점

무한 수납 가능

누구에게도 얕잡아 보이지 않는 기능

요가
잡념

  - 시선 손끝, 무릎 뜨지 않게, 배에 힘 단단히 주시고.

  요가 수업 때 거울에 내 모습이 비치면 화들짝 놀란다. 얼굴이 증오로 불타오르고 있기 때문이다. 어르신들과 나는 왜 저 강사에게 순순히 기합을 받고 있는가. 왜 근육이 찢어질 것 같은 형벌에도 궐기하지 않고 참고 있는가. 정강이와 이마를 만나게 하라니, 이것은 해도 해도 너무한 폭정 아닌가. 대동단결하여 독재를 척결하자는 눈빛으로 주위를 살피지만 연대원은 한 명도 없다. 이 자발적 굴종의 메커니즘은 무엇이지. 가학성과 피학성은 과연 인간 조건을 구성하는 필수 요소란 말인가.

  - 엎드려서 허리 한 번 늘려주시고요.

  쏟아지는 질문을 아기 자세로 곰곰이 복기한다. 휴식 시간,

매트에 뻗으면 답이 나온다.

－'아, 쉴 때 쾌감이 이렇게 크니까 몸을 괴롭히는구나.'

의식이 아닌 무의식이 기다렸다는 생각이 든다. 운동보다 운동 틈, 이 이완의 감각을. 블라인드로 만든 어둠 속에서 가만히 누워 있을 때면 몸에 깃드는 텅 빈 시간이 벅차 눈물이 고일 때도 있다. 복싱, 수영, 요가, 헬스, 하프 마라톤까지 잘하지도 못하면서 끼어들려고 하는 내가 이상하다. 매번 7080 여성분들에게 뒤처지면서도 몸 쓰는 일을 애정하다니.

－호흡 들이마시고 깊이 내쉬고.

손가락, 손목, 팔, 옆구리, 무릎, 발가락을 신생아처럼 천천히 움직여본다. 이런 체육 활동이 다 뭐야. 살아서 몸을 움직일 수 있다니, 숨을 쉬며 나이를 먹어갈 수 있다니. 종종 이 체험이 경이롭다. 2.7킬로그램으로 태어난 나는 돌이 지나도록 앉아 있지 못했다고 했다. 어린 시절, 병원은 집 같았다. 친해진 간호사 언니와 주사기로 집을 짓고 놀기도 했다. 황달과 감기가 가시질 않았다. 뱃속을 나온 게 치가 떨리는지 지긋지긋하게도 울었다고 들었다. 임신과 출산을 마친 엄마의 체중은 42킬로그램이었다. 담배를 문 외할머니가 아빠를 불러 앉혀 말했다고 한다.

－저 아가 우리 딸 잡겠네. 내 보니 인간 구실 못할 것 같은데

내다 버리게.

― 장모님, 어떻게 농담이라도 그런 농담을.

― 이 사람아. 내 딸이 다 죽어간다고.

고비를 넘긴 내가 이렇게 튼실하게 장성할 줄은 아무도 몰랐다. 모든 이치를 한참 늦게 깨닫고 시행착오를 과도하게 겪긴 하지만, 어제는 까마득하고 내일은 시커멓지만 그래도 아직 나는 살아 있다.

돌이켜보면 털, 각질, 체취, 피부의 질감, 근력 상태를 무시하며 데면데면 지냈다. 요가 시간이 아니면 상체와 하체를 만나게 할 일도, 전신을 수건 짜듯 비틀 일도, 신체의 구석구석을 확인할 계기도 드물었다. 몸이라는 오래된 친구를, 어쩌면 내게서 가장 소외되었던 형식을 이렇게 하나씩 찾아간다.

― 어우, 초반에 비해 정말 유연해지셨어요.

칭찬을 받자 입가가 떨린다. 수업 초반에 품은 적의는 어디로 증발했는지 온데간데없다. 아, 너무도 쉬운 인간. 그리하여 나는 군말 없이 코브라, 고양이, 독수리, 사자, 나무, 쟁기, 물고기, 까마귀를 흉내 낸다. 요가 매트 위의 나는 지금 온순한 조류 한 마리. 골반이 시큰한 반 비둘기 자세를 가까스로 유지한다. 엉치뼈에서 구구구, 소리가 나는데도.

출산기인가!
땅을 뚫으실
기세

조금의
흔들림도
없다~

으 집
빵앗이
변했더라고
하여간

극한의 평온…

민얼굴이면
어쩌라고

거울 속 이 기미인간은 누구인가. 둘러볼 것도 없지. 장마철 개천 혈색, 일본 자민당 총재 같은 눈썹, 멜라닌 색소가 침전된 눈가, 하나둘 세를 불린 점, 팔자 주름, 황소개구리 입매. 정직하게 30대에 돌입한 나의 낯이다.

화장을 안 한 지 오래다. 머리카락은 늘 B보다 짧다. 내가 여자인지 남자인지 꼭 알아내고 싶어 하는 행인들을 더러 만난다. 컨디션이 유례없이 좋은 날에도, 생기가 도는 날에도, 무슨 일이 있는 거냐고 벗들은 묻는다.

―아닌데, 오늘 기분 견딜 만한데.

다이소 매장 거울을 마주하면 그 염려를 이해할 수 있다. 일체의 기쁨이 사라진 얼굴이라고 해둘까. 최초의 인류 같은, 삭막한 흙빛 척추동물이 입을 벌리고 나를 본다. 밤샘, 커피복용, 예민한 신경, 불규칙한 생활, 익숙한 불안, 가난, 뉴스, 미세먼지. 모든 것이 얼굴을 상하게 한다. 그럼에도 불구하고 나는 이 민 얼굴을 부정하지 않는다. 이 외관은 어제까지의 내가 쌓인 형태이자 부피다. 밀물과 썰물 아래 놓인 모래사장, 매일 뜨는 달처럼 편안한 꼴. 느리더라도 또 변모할 테니, 다른 누구도 아닌 내가 꾸리고 이끌어가는 모습이니 너무 한심해할 것도 너무 처연해할 것도 없다.

마음이 물컹한 데 비해 고집이 센 나는 오랫동안 작은 소리에 휘둘리고 큰 소리는 흘려들었다. 마땅히 해야지, 예의를 차려야지, 좀 변해야지. 왜? 궁서체 조언이 외압으로 느껴졌던 일이 태반이었다. 이걸 해야 한다는 말을 들으면 그것만은 기피하겠다는 전투력이 생겼다. 이유도 근거도 없는 압박이란 죄다 막아내고 싶었다.

고교 때는 야간자율학습이 왜 존재하는지 알 수 없었다.

–강제로 앉혀놓는다고 효율이 오르진 않아요. 각자 학습 패턴이 다른데 시간을 버티기만 하면 될까요?

담임교사가 마른세수를 하는 동안 나는 야자가 쓸데없는 이유를 조목조목 이어 말했다.

- 너 의외로 주도면밀하구나. 근데 학교생활은 어떻게 가능하니?

- 친구들이 있으니까요.

- 그래. 집에 가라. 다 같이 빠지든지 말든지 마음대로 하렴.

나라에서 나를 주민으로 등록하겠다는 통보도 납득할 수 없었다. 벌금 고지서가 날아오자 지하철 증명사진 부스에 들어갔지만 잠자코 따르기는 싫었다.

- 부탁할게. 님도 씨도 말고 오빠라고 불러줘.

- 제가 그 호칭이 싫어서.

귓불이 붉어진 채 자리를 뜨는 사람에게 미안하다는 말은 하지 않았다.

- 내가 오래 봐왔는데, 여자 중에 안 울면서 일하는 사람은 네가 처음이야(오래 보지 말고 일을 하세요).

- 넌 너 자신으로 꽉 차 있어. 성격도 이상해(너도 못잖게 이상한 걸).

사람들이 내게 하는 말을 요약하면 네 글자였다. 너도 너다. 그대로, 하나도 안 변했다는 평가는 존중보다 조소에 가까웠다. 세상과의 불화와 긴장이 저항과 건강으로 해석된 일은 드물었다. 나와 동료들을 여체 아닌 인간으로 봐달라는 정당한 요청을 괴이하게 여기는 사람들이 나는 더 괴이했다.

이 와중에 외모를 공들여 꾸미라니 무슨 흰소리. 이런 조언을 태평히 해대는 사람은 정작 본인 외관을 자연인 상태로 두고 있지 않나. 보는 자와 보여지는 자가 극명히 분리되고 이 역할이 영구히 지속된다면 나는 불응하겠다는 입장이었다. 화장을 지우면 외출하지 못하는 동생들, 눈도 못 뜬 채 헤어롤을 찾는 엄마를 보면 마음이 따가웠다. 치장은커녕 더럽고 시끄럽게 다니는 사람들이 많은데. 남은 불편하게 하고 본인은 세상 안방인 사람들이 수두룩한데! 투지와 신념이 넘치던 내게 '한국 젊은 여성의 평균 미모'라는 지표는 마법진 육각형 문양과 다를 바 없었다. 그런 게 예의라면 안 지켜. 부평초로 떠돌더라도 상관없어. 그러나 이쯤에서 고백할 말이 있다.

나는 20대 말에서 30대 초, 거대한 뷰티산업 세계에 어설프게 발을 들인 적이 있다. 그들 통계에 잡히지도 않을 간헐적 소

뭐가 어때서?!
힙합 참 잘하게 생겼네

비자였겠지만 나도 메이크업을 하고 액세서리를 매달고 원피스를 입고 하이힐을 신고 핸드백을 멘 뒤 사람들을 만나러 다닌 시기가 있었다. 매 주말의 결혼식에서, 일터에서, 회의 자리에서 누누이 내가 어떤 원칙을 고수하는지 설명하고 싶은 의지가 꺾인 때였다. 타협, 굴종, 오염 같은 선명한 단어로 다 덮이지 않는 공간이 계속 나왔다. 자의식 과잉이다, 유별나다는 소리를 사양하고 입을 다문 채 인파에 섞이고 싶었다. 꾸밀수록 투명해졌다. 어디 있어도 특별히 거슬리지 않는 인간이 되어갔다. 현대여성 코스프레를 하다 보니 갑자기 변장을 관둘 수 없었다. 동성 또래의 습속에 파묻히면 온기가 느껴지기도 했다.

그러다 꾸밈 노동이 절정에 달한 날이 다가왔다. 당시에 만나던 연인은 나의 행색에 민감했다. 자꾸 몸에 달라붙는 옷을 선물했고 내가 그 옷을 한 번도 입지 않은 걸 (응, 안 맞았어) 서운해했다. 그는 우리가 자아내는 분위기에도 예민해서 편안하고 허름한 식당이나 카페에 들어서면 말수가 급격히 줄어들기도 했다.

─ 이런 데보다 좋은 데서 차를 마셔야 하는데.

─ 왜 그래. 난 여기 마음에 들어.

얼마지 않아 해외에 나간 그와 연락이 두절되었다. 속이 허물어지는 계절이었다. 폭포에서 소리를 지르고 싶은 나날이 이어졌다. 귀국 후 전화를 걸어온 그가 우회 없이 헤어지자고 말했다. 나는 마지막으로 한 번만 만나자고 떼를 썼다. 조인성처럼 입을 막고 우는 언니가 꼴사나웠는지 둘째는 사연을 접수하자마자 계획을 세웠다. 그를 만나러 가는 날, 동생은 프로 메이크업 아티스트로 화했다. 의자에 나를 앉힌 후 어깨에 손을 짚은 혈육이 위엄 있어 보였다.

– 잘 살고 있다는 걸 보여줘야 돼. 아쉬운 소리 입도 뻥긋 말어. 당당하게 자신 있게, 알겠어? 날 봐. 너 없이도 이렇게 멀쩡해!

나는 그게 왜 풀메로 증명되어야 하는지 묻지 않았다. 늘 빠르게 정답을 찾는 둘째 동생 앞에서 입을 다물었다. 장착에는 2시간 반 정도가 걸렸다. 전체적인 뷰티 컨설팅과 디렉션이 졸속행정 같았지만 반기를 들지 않았다. 코디와 액세서리까지 마무리한 동생이 나를 전신 거울 앞에 세웠다.

– 야, 이게 뭐야. 으하하하하.

인간 은갈치, 파라오의 환생이었다. 오늘 세기말 사이버 펑크물을 찍는 건가. 이 몰골로는 절대 나갈 수 없다고 물티슈를 찾았지만 약속 시간이 가까웠다.

– 세 보여야지. 차였지만 차인 티를 내지 말고 돌아와.

─뭐 하러. 둘 다 아는데 이게 무슨 쇼야.

─닥쳐. 그대로 나가. 가서 매몰차게 굴고 와.

킬힐을 절뚝이며 버스에 올랐다. 유리창에 비치는 내 모습에 내가 계속 놀랐다. 나 아닌 나로 이동하는 일은 대장정이었는데 결과는 실패였다. 자아가 비워졌는데 이상하게 또 겸허해진 건 아니었다. 역 앞에 서 있던 그가 흠칫 물러났다. 나를 보고 주눅이 들길 바랐는데, 그는 철철 울었다. 헤어지자는 소리를 듣고 포효하던 나보다도 통곡을 했다.

─다시는 이런 꼴 안 했으면 좋겠어.

─나 평소에도 이러고 다녀.

─뻥치지 마.

─안 어울려?

─어. 너무, 너무 초라해. 불쌍해서 볼 수가 없어. 으어엉.

우리는 저녁 퇴근길 한복판에서 함께 오래 울었다.

선물 받은 옷, 귀걸이, 화장품을 서서히 처분한 건 이날 이후의 일이다. 그 연인과도, 그의 눈에 애처로워 보일 지경이었던 내 모습과도 정성껏 작별했다. 당신만은 시간을 돌릴 수 있다는 말을, 다른 사람으로 살아갈 수 있다는 메시지를 다시 거부할 힘이 생겨났다. 여성 외관의 자연스러운 가변성을 불허하는 광고들이 점차 옹색하게 느껴졌다. 좀 놓쳐도 돼. 붙잡고 늘어지지 마.
민낯이 무례하다고 겁주면 너나 잘하라고 대꾸하자. 동생이 신
신당부했던 매몰찬 모습은 이제야 매일 튀어나온다.

그 날, 귀가 후

아홉수는
좋은 수

  늘어져 있어도, 만년 지박령처럼 지내도 환절기엔 환절기 질환을 놓치지 않고 걸리는 편이다. 다른 트렌드는 놓쳐도 감기는 S/S, F/W 시즌 모두를 두루 섭렵하는 나는야 바이러스 얼리어답터.

  계절이 바뀔 무렵마다 동성 친구들과의 대화 소재 중 큰 비중을 차지하는 건 무엇보다 건강이다. 시사, 정치, 문화 이슈로 운을 뗄 땐 이야기의 서막은 각자 효험을 본 명약 추천 및 간증으로 귀결된다.

  ―이제 우리 남성용 간 기능 보조제 먹어야 돼. 비타민 같은 건 소용없다.

  ―홍삼 말랭이가 진짜 힘나던데 비싸고 양도 적단 말이야.

- 돼지감자 우린 물이랑 쥐눈이 콩도 꾸준히 먹어봐.

- 코코넛 오일이 위험하다는데 맞아?

- 빵이 주식인데 이제 위가 못 받아내나 봐. 너무 쓰려.

- 양배추, 양배추가 최고야. 역한 즙 대신 환으로도 나와.

- 아침에 바나나 먹으면 속 깎이는 거 알지?

- 초콜릿이 위에 안 좋다는 말 때문에 속상해.

이 정도 식단이면 괜찮지 않나, 싶을 때 어김없이 내가 고른 재료에 대한 후속 보도가 딸려 나온다.

"중금속 오염 심각, 노폐물 방출 효과 미미한 것으로 밝혀져, 통풍 원인일 수도"

첼로 소리를 맛으로 표현하면 이렇겠지 싶은 와인을 기분 좋게 마신 저녁에는 이런 소식을 접한다.

"혈액순환에 역효과, 와인은 한 잔도 금물"

식자재 소개 하단에 붙은 '이런 사람에겐 안 맞아요' 단락을 읽다 보면 이런 사람은 나일 때가 많다. '당신이 알아채지 못하는 동안 키우고 있는 질병 체크 리스트' 코너를 마주하면 탄식하며 묻게 된다. 이건 민간인 사찰인데? 나는 악습의 항목을 하나부터 열까지 성실히도 지켜갔다.

아무래도 상관없어. 정보를 적당히 무시하면 걱정도 적당히 덜어지겠지. 아침을 굶어라, 먹어라. 단식을 관둬라, 해라. 잠을 그만 자라, 더 자라. 연구와 통계는 쏟아지고 오늘의 말은 어제의 말을 정면 반박하기 일쑤다. 날아오는 공을 다 받지 않는, 고도의 마인드컨트롤은 늦게야 발휘된다.

체력을 맹신했던 20대는 밤낮이 뒤섞여 빨리 감기로 흘렀다. 그리고 29세의 겨울엔 각종 약에 기대 있었다. 진통제 곁의 두통약, 장염약, 감기약, 알러지 약. 거기에 눈, 기관지, 소화에 좋다는 약들까지 복용하면 그냥 내가 거대한 알이 될 것 같았다. 몸이 누렇다가 붉었다가, 피부에 쌀알이 퍼졌다가 꺼졌다가, 목소리가 젖었다가 마르면서 찬 계절이 지나갔다. 주사 수십 대를 맞고 금식을 하는 동안엔 가족들이 전에 없이 외식을 자주 했다. 숯불갈비 집에서 윤기가 흐르는 고기를 감상하며 현탁액을 짜 먹었다. 동생들이 쫄면, 돈가스, 햄버거 앞으로 나를 부축하며 데려갔다. 욕지기를 끌어올릴 힘도 없었다. 간호사분이 링거 줄에 걸려 발을 헛디디면서 손목에서 바늘이 빠질 때도 입만 벙긋거렸다.

그 시기, 약 중의 최고봉은 흑갈색의 환제 수백 알이었다. 생리통이 극심한 아침이었고 전시 준비를 위해 지하철역으로 가면서, 소지한 약으로는 안 되겠다 싶어 약국 문을 밀었다.

– 효과가 강한 게 있나요.

아침부터 밤 늦게까지의 야외 작업이라 버텨야만 했다. 역에 도착해 봉투를 여는 순간 탄식이 나왔다. 이건 아니잖아. '갱년기'라는 세 글자가 비닐 위에 크고 굵게 인쇄되어 있었다. 소화제처럼 한 주먹을 복용해야 했다. 목단피, 숙지황, 작약, 진피, 천궁, 아교, 건강, 육계, 당귀, 백출 등의 성분이 들어간 알약에서 개비린내가 풍겼다. 그래도 구역, 구토를 막는 효과가 있으니 약을 뿜어내진 않겠지. 이름 자체가 플라시보인 건강도 132밀리그램이나 들어있는 데다 쇠약과 히스테리도 개선된다니. 정말 듬직하지 않나.

애견숍 간판으로 도배가 된 거리를 걷다가 어느 창 속, 누운 개 앞에 서서 약을 삼켰다. 털이 반사하는 빛은 한 줌도 없었다. 부엌 행주처럼 가만히 눅눅했다. 눈곱조차도 소극적으로 굳어 있었다. 들이마시는 숨과 내쉬는 숨이 너무 희미해, 살과 뼈가 졸아드는 노견처럼 보였다. 웃을 수 없는 공간 앞에서는 자조도 사치라는 생각이 드는 오전이었다.

그날 먹은 갱년기 장애개선제의 약효는 놀랍게 탁월했다. 약을 먹자마자 호랑이 기운이 샘솟아 근 50시간을 깨어 있을 수 있었다. 3미터쯤 되는 사다리를 날다람쥐처럼 오르락내리락하면서 이런 질문을 했다. 지금부터 이 약이 내 몸에 꼭 맞으면 실질적인 갱년기엔 어디에 기대지.

새벽녘, 열 살 어린 셋째 동생이 고민 상담을 해달라며 식탁에 앉았다. 19세 살이가 힘들다고 했다.

- 아홉수를 주의하라는 건 사실 아홉이 너무 좋은 숫자이기 때문이래. 좋은 수 3이 연거푸 세 번이나 겹쳐 있으니 위태로울 정도로 상승기운이라는 소리지.

- 뭔 소리야. 아홉수라 얼마나 고생인데. 언니는 열아홉을 대체 어떻게 넘겼어?

- 나? 사주 보니까 59세부터 말년 복이 좋대서 그때를 기다리고 있지.

- 불쌍해. 오, 근데 그때까지는 살아 있는 거네.

20대를 넘긴 후로 새털 같은 날이 흘렀다. 이제 몸에 병이 들어오고 나갈 때마다 느끼는 건 내 뇌가 고통에 절대 익숙해지지 않는다는 사실이다. 미리 걱정하고 겁을 먹어봤자 통증은 새롭고 강하다. 그러니 처방을 받고 심호흡을 한 뒤 오래 누워 있는 수밖에. 가능한 건강한 식단을 내게 제공하는 수밖에. 어제까지 쌓인 힘을 믿고 쉬어. 세상에 안 껴도 돼. 잠결 우주에서 나의 유한함을 조용히 격려하는 방법밖에.

오랜만의 브런치

커피

고구마

감 카프러제
(토마토 대신 감과 오짜렐라 치즈 조합)

유자 파인애플 쥬스

띠링!

큰딸
이거 봐봐
빈속에
나쁜음식
리스트

맛좋네

흐흐, 그치?
건강식단이야

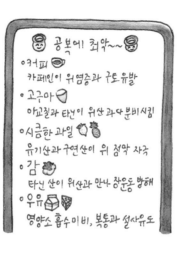

공복에 최악~~
○ 커피
  카페인이 위염증과 구토유발
● 고구마
  아교질과 타닌이 위산과다분비시킴
○ 시큼한 과일
  유기산과 구연산이 위 점막 자극
● 감
  타닌 산이 위산과 만나 장운동 방해
○ 우유
  영양소 흡수미비, 복통과 설사유도

으어어
그만

아주 그냥
속 쓰림 잔치
한 상을
차렸구만

이럴 바엔 영양제를
먹고 말지

마라를
먹을걸

　'여심저격, 여자들이 좋아하는 맛' 같은 표현은 괴롭다. 이런 말은 온갖 취향에 성별을 지정해야 안심하는 이들이 주로 쓰기 때문이다. 내 경험에 의하면 여성들은 새롭고 독특한 메뉴에 꽤 개방적이다. 물론 나를 포함한 많은 여성들이 스트레스를 받을 때면 매운 음식을 찾는다. 매달의 호르몬 변화, 압박감, 불안정이 자극적인 감각을 쫓게 할까. "난 상처받지 않아. 이미 상처투성이거든." 영화 〈파괴지왕〉의 대사처럼 통각은 다른 통각으로 덮이기도 하니까.

　-먹을 만한데? 별로 안 매워.

　동생이 만든 캡사이신 떡볶이를 먹고 괜찮다고 너스레를 떤 날, 반나절 동안 귀 한쪽이 막혀 있었다. 나는 사실 매운 맛 하수다. 이런 주제에 마라를 탐하기까지 한다.

마라를 먹는 사람들은 적당히란 걸 모른다. 가게를 나서는 이들은 배를 부여잡고 비틀댄다. 평소에는 제아무리 이성적이고 세련된 자들도 끓어오르는 홍탕과 백탕 앞에서는 자제력을 잃고 봉인이 해제되는 것이다. 내게 마라는 가히 초대륙적인 맛을 자랑하는 진미 중의 진미다. 10대와 20대를 함께한 소울푸드 떡볶이도 한 접시가 정량인데, 마라는 평소 식습관과 다음 날 오전 일정을 간단히 휘저어버린다.

– 이것 봐. 생강이랑 대추가 잔뜩 들어가 국물이 우러나고 있어.

– 그러니까. 몸에 당연히 좋겠다. 감기도 예방되고.

마그마 같은 국물을 넋 놓고 바라보다 보면 새빨간 거짓말도 샘솟는다. 마약김밥이며 마약옥수수며 그 무슨 허명인가. 이건 마약 자체인데.

나는 B에게 마라를 전도했고, 그는 이 세계에 쉽게 유입되었다. 마라를 먹으러 가는 날은 둘의 안광이 황야의 이리처럼 번쩍였다. 가격이 비싼 만큼 방문일은 축제다. 회기에 사는 친구 C에게 놀러간 밤, 소주와 삶은 계란을 놓고 셋의 화제는 마라로 흘러들었다. C가 동네 마라 맛집을 자랑했기 때문이다. 심지어 우리 동네 식당과 가격도 같았다. 배틀이 시작되었다.

- 죽순이 없다고? 대실망!

- 천엽은 있어? 중국당면이랑 도가니랑 꽃게는?

- 장난해? 당연히 있지. 선지도 있다고.

- 소스 종류는 몇 가지지?

- 난 땅콩소스랑 칠리만 찍어 먹는데.

- 칠리라니. 그건 소스로 치고 싶지도 않아.

이튿날 눈을 뜨자마자 C가 자랑한 가게에 가고 싶어졌다. 훌륭한 훠궈집은 많지만 꼭 맞는 훠궈집은 드문 법이니까. 머릿속으로 마장소스 위에 다진 마늘, 고수, 파, 고추기름, 부추, 해선간장을 공들여 조제했다. 거기에 청경채, 쑥갓, 배추, 건두부면, 푸주, 양고기, 우삼겹을 톡톡 찍는 상상을 이어가다 보니 누워 있을 수가 없었다. C는 가게 상호가 기억나지 않는다고 했지만 정성껏 검색을 하다 보니 어제 들은 묘사 거의 그대로인 가게가 나타났다. 이 가게의 식자재가 더 많다는 사실은 바로 인정해야 했다. 질감과 맛이 궁금한 이색 재료가 숱했다. 그런데 매일 마라를 먹을 수 있다고 장담하던 C가 속이 쓰리다며 발을 뺐다. 누워서 시름시름 앓는 친구를 두고 도장 깨기 맛 탐험을 떠날 수 없어 결국 라면으로 해장을 했다. 셋이서 뮤직비디오를 100편쯤 보며 떠들다 보니 날이 어둑해졌다.

터미널에 도착하자 승차 전까지 40분 정도 대기 시간이 있었다. B와 나는 황태와 통무가 펄펄 끓고 있는 어묵 국물 통을 들여다보다가 분식으로 허기를 달래기로 했다. B는 떡볶이와 순대를 받아들고, 나는 종이컵 두 개에 국물을 공평히 떠 넣었다. 테이블을 향해 네 걸음 정도 뗐을 때, 누구도 아닌 내 입에서 비명이 나왔다.

—아아아악. 너무 뜨거워!

누군가 뒤에서 왼 팔꿈치를 툭 치는 바람에 컵이 흔들려, 그 국물을 양손바닥으로 받아버린 것이다. 종이컵 두 개가 바닥에 떨어지고 내 무릎도 꺾였다. 손이 시뻘겋게 달아올랐다. 화장실로 달려가 찬물을 쐬고 나왔는데도 누가 철제자로 손바닥을 천 대 째 때리는 것 같았다. 분식집 직원분이 바닥을 닦고 있는 모습을 보자 미안한 마음에 정신이 들었다. B가 화상 연고를 사들고 달려왔다. 그제야 내 앞에서 오도 가도 못하고 입술을 떠는 사람이 보였다. 20대 정도로 보이는 남자는 거의 울 듯한 얼굴로 손이 괜찮은지 물었다.

—너무 아픈데요. 제가 컵 들고 있는 걸 못 보신 거잖아요. 시간 지나면 괜찮아지겠죠.

괜찮아질지 아닐지 알 수 없는 상태인데도 그런 말이 나왔

다. 원망스럽긴 했지만 그가 너무 얼어 있었다. 이런 일은 친구
와 얘기하다가, 핸드폰을 보다가, 고개를 돌렸다가 언제든 누구
나 저지를 수 있는 실수이기도 했다. 분식집 주인 여성분이 매
대 앞으로 나와 그와 나를 번갈아 쳐다보았다.

　- 학생, 좋은 분 만난 걸 다행이라고 여겨요. 물고 늘어지는
손님들이 얼마나 많은데. 앞으로는 앞 잘 보고 다니고.

　우리는 그를 보내고 테이블에 앉아 포장을 부탁했다. 차 시간
이 가까워지고 있었다.

　- 그래도 손등이 아니라 손바닥이라 다행이네요. 정말 복 받
으실 거예요. 다음에 오면 내가 넉넉히 줄게요.

　주인이 내 손을 양손으로 조심스럽게 감싼 뒤 말했다.

　- 괜찮아질 거야. 나아지겠지. 응응, 좋아질 거예요.

　끝도 없이 감미로운 위로였다. 품에 안겨 엉엉 울 것 같은 심정
이 되었다. 좋은 분이라니, 복을 받는다니, 허황된 말들을 던져
놓으신 까닭에 화도 사라지고 없었다. 평소 나는 어느 화면에서
든 나문희 배우가 나오면 자동으로 눈물이 나오는데 그처럼 크
고 부드러운 손, 조금 휘어 있는 등, 촉촉한 눈빛을 지닌 분을 오
래 마주하니 울음 버튼이 눌린 듯 콧방울과 눈썹이 꿈틀거리기
시작했다. 뭔가를 통달한 사람의 다독임이란 정말이지 힘이 셌

다. 빨간 손을 활짝 펴고 집까지 오는 길, 그의 말대로 나아질 것 같은 기분이 들었다.

늦은 새벽, 연고의 효능으로 손이 얼마간 진정되자 B가 떡볶이와 순대를 데워왔다. 이렇게 어렵게 먹을 일인가. 이렇게 눈물 빼고 맞이할 일인가. 환난을 뚫고 드디어 목적지다. 젓가락을 내민 B가 망설이며 말한다.

— 떡볶이집 그분, 정말 현자이시고 참 좋은데.

— 맞아. 도인 같으셨어. 근데 왜?

— 양은 정말 얄짤 없으시다. 좀 깍쟁이 같기도.

— 그 말 들으니까 진짜 박하네.

위장이 파괴되더라도, 다음 날 사족 보행을 하더라도 그 가게에 갔어야만 했다. 곧 생리가 올 거라는 신호를 무시하면 안 됐다. 그러니 나는 저녁나절의 오열과 감동을 모두 잊고 이렇게 말하는 것이다.

— 역시 마라를 먹을걸.

나라에서 금지 시키기 전에
살뜰히 먹어둬야 할 마라

천재요리 떡볶이

쫀쫀한 브라우니

맛 볼륨 최대치

... 생각해보니 생리 직전에 더 찾는 메뉴들

분노 조절 장치?

철분 준비?

밤작 복숭아

이 세상 당도가 아니었음

PECHE
plate
4,95€

고통을 예비하려는 인체의 신비는
(정밀한) 과학인가
(그냥 더 먹으려는) 수작인가

농간 경고!

응!! 쫘줄 거면서

다이어트, 요리,
자존

살을 살이 아니라 붓기로 취급한 적이 몇 번이나 될까. 나조차도 안 속는 거짓말을 오래 할 수 없다. 이도 안 들어가니까. 호박즙이나 율무로 도통 빠지지 않는 붓기는 살이며 그 살이란 내뼈를 감싼 현실일 뿐이다. 여성의류점에 비치해두는 거울은 미세한 굴절과 왜곡을 통해 몸을 실제보다 얇게 반사하는데, 알다시피 불편한 진실의 거울은 가게 밖에 있고 문턱을 밟는 순간 기만은 통하지 않는다. 늘기도 줄기도 했던 체중은 어느 시점부터 최고갱신숫자를 찍고 내려올 줄 모른다. 왕의 권좌에 자리잡은 지금 숫자가 더 높은 숫자에 밀리지 않길 바라야 할까.

최초의 다이어트는 100이면 100, 뜯어 말리는 오후 6시 이후 금식 시스템이었다.

─여길 또 언제 온다고. 저, 저 똥고집 봐라. 지만 손해지.

　어지간히도 고지식했던 10대의 나는 2시간을 이동해 도착한 고기 집에서 6시가 넘었다는 이유로 물만 마셨다. 그날 이후 식초에 절인 검은콩이 지방을 분해한다는 소식을 접하고는 저녁 식사를 허용하되 콩을 후식으로 먹기로 결심했다. 직효였다. 금세 4킬로그램이 빠졌다. 덴마크나 황제 다이어트를 하던 학우들이 시큼한 콩을 앞 다투어 덜어가기도 했다. 문제는 콩에 말 그대로 신물이 났을 때 발생했다. 식초 콩을 끊자 마술처럼 6킬로그램이 솟아났다. 모자에서 비둘기가 나오는 것보다 신기한 일이었다. 과음한 친구들의 등을 두드리던 시기엔 나도 구역질을 자주 했다. 내장이 뒤틀려도 안주가 살로 안 갔다고 안도했다. 저칼로리 식단을 평생 유지할 수 없다면, 때때로 가볍게 식단 조절을 하는 편이 나을 텐데 그때는 다이어트를 왜 질 수 없는 전투로 대했을까. 나는 어느덧 이 대열에서 이탈해 '내가 모은 살인데 왜들 참견인가'라고 쓰인 투명깃발을 들고 외모단장 OFF 외길인생을 걷기 시작했다(는 건 과장이고 원체 몸에 거추장스럽고 번잡한 걸 매다는 걸 싫어했다). 아빠 남방, 남성용 츄리닝, 백 팩을 걸치고 다니니 거장 감독들처럼 행보가 장쾌해졌다. 보는 사람이 심난했을 뿐이다. 이게 왜 초라하다는 거지. 멋지고 편하기만

한데. 기능성도 엄청나. 그러고 나갈 거냐고 연거푸 묻던 가족들도 길에서 아는 척만 하지 말라며 두 손을 들었다. 한 남자 선배는 왜 자꾸 스스로를 자학하는지 알려달라고도 했다. 3초 만에 입었어도 소탈한 듯 섬세한 코디였는데 아, 그걸 몰라주고.

물론 지조 없게 이탈한 날도 있었다. 결혼식을 앞두고 레몬 디톡스를 시도한 것이다. 진정성 없는 노력이 얼마나 갈까. 나는 이틀 밤 만에 24시 감자탕 집으로 뛰어 들어가고 말았다.

— 원래 난 웨딩드레스에 아무 환상이 없어. 그날 가장 아름다워야 한다는 헛소리도 짜증나.

— 그래. 그날이 뭐라고. 진정하고 국물 떠. 밥 먹으면 화 풀릴 거야(분석왕).

B가 소주까지 시켰을 때는 눈물이 날 뻔했다. 탄수화물, 나트륨, 알코올은 내게 충만한 위로와 지방을 건넨다. 결론적으로 체중감량에 있어 운동 없는 식이요법이란 모두 대실패였다.

그렇다면 어떻게 봐도 주 3회 정도의 운동이 좋았을 텐데, 내겐 그런 자비심과 균형감이 없었다. 중도는 없다, 라는 말은 나를 며칠만 지켜봐도 알 수 있을 것이다.

— 내가 지켜보니 너한테는 권투선수들 특유의 변태성이 보인다. 이 길로 터.

호신술로 시작한 운동을 취미로 바꿨다고 믿었는데 코치는 내게서 대체 뭘 포착한 걸까. 눈빛은 부릅뜨느라 뜨거운 게 아니었다. 외출할 때 한 번, 도장에서 한 번, 귀가해서 한 번. 하루에 샤워를 세 번 하니 눈알이 쑤셨다. 작업대에 앉으면 졸음이 쏟아지고 당최 내가 뭘 하는 사람인지 알 수 없게 되어버렸다.

샌드백 치기로 세월을 보내니, 줄넘기 줄에 자빠지지 않고도 이런 생각이 들었다. 가만 보면 뛸 때만 기분이 고양되지 않나. 평온할 때 저기압인 건 이상한 상태 아닌가. 나의 호르몬 변화는 어쩌면 상당히 인위적으로 이뤄지고 있는지 모른다. 주변의 시선이 달라진 것도 얄궂지. 거울을 보며 은근히 자족하는 스스로도 꼴사납다. 이건 일시적이고 유한한 노력인데. 무엇보다 가장 위험한 건 내가 슬슬 '와이 낫'이란 무서운 개념을 체화하려 들었다는 것이다. 울적하면 달리지 왜 웅크리고 있는 걸까. 땀을 확 빼고 씻으면 웬만한 고민은 날아가는데. 이런 태도로 개별 체질과 역사에 따른 천 개의 몸 상태를 하나의 덩어리로 바라보려 했다는 것이다. 나는 시간을 열심히 연소시키는 동안 시간이 필요한 고민과 성찰도 태워버리고 있었다.

IT 기술, 케이팝시장, 미용 산업이 극도로 발달한 다이내믹 코리아는 선진적인 외피와 후진적인 내용을 쌍으로 갖추고 있

을 때가 잦다. 키치, 울화, 불통, 여혐, 배금주의, 바닥난 인권 감수성이 범벅된 디스토피아적 세계를 K - 정서라고 부를 수 있다면 그 정서가 은연중에 만연한 한국은 타인을 몹시 의식하는 동시에 타인에게 깊게 상처를 내는 사회이며 그 속도도 5G를 능가한다. 언제 어디서든 결과를 쉽게 평가한다. 특히 남성이 여성에게, 여성이 여성에게, 여성이 스스로에게 세우는 잣대는 살벌하기가 이루 말할 수 없다.

격투기를 그만두고 작업대에 오래 앉아 있었던 것뿐인데, 세상의 살 타령이 서라운드 메들리로 들려왔다. 돌아보니 모두 마른 사람들이다. 체중을 줄여 다들 뒤로 물러서니 주변은 황량한 공터. 어머, 내가 이렇게 큰 인물이라니! 동생과 동대문에 갔을 때는 얼척이 없었다. 장난 똥 때리나. 33사이즈로 보이는 성인 여성복이 수천 벌이었다. 너울대는 미역줄기 장식, 꼬마 리본,

따가워 보이는 스팽글이 달린 옷에는 주머니도 여유 공간도 없었다. 강아지 발싸개 천이 더 도톰하고 질 좋을 것 같았다. 정장을 찾다 질린 동생에게 점원이 말했다.

– 여기서는 찾으시는 사이즈가 없을 것 같은데.

박스티를 입고 있던 우리는 밖으로 나와 핫도그를 사먹었다. 이 밤은 그래도 웃음이 나왔다. 한의원에서 아르바이트를 하던 어느 날은 옅은 미소도 지을 수 없었다. 아침 회의에서 원장에게 대차게 깨진 상사가 난데없이 내게 소리를 지른 것이다.

– 살 좀 빼!

평소엔 화, 눈물, 말 버벅임이 동시에 터지는 나인데 이 순간만큼은 냉담해졌다.

– 예전에 면접 보러 온 사람 많다고 하셨죠? 거기 마른 분도 있으셨을 텐데 그분 채용하시지 왜 저를 뽑고 이렇게 화를 내세요? 제가 생활하는 데 불편이 없고, 업무에 지장도 없는데 왜요?

– 아니, 농담이지. 예민하게 왜 그래. 충격 요법이었어.

다들 변명 학원이라도 다니나. 이날 이후로도 훅 들어오는 어퍼컷은 한둘이 아니었다.

– 딱 3킬로그램만 빼면 예쁠 텐데. 어휴, 진짜 살쪘으면 아예 이런 말도 안 하지.

거짓말. 당신은 누구에게나 말뚱 같은 훈수를 둬왔을 것이다. 이 공격수들을 어떻게 막지. 눈코 뜰 새도 없다. 이번엔 공원이다. 단체 체조 시간에 몇 번 마주친 중년 여성이 말을 건다.

– 젊어서 그런가, 잘하네. 몸은 이런데.

나는 그의 말이 아닌 동작을 보고 기가 꺾였다. 손으로 눈사람 모양을 만들고 있었다. 나의 기골, 살집, 풍채에 점수를 매겨달라고 한 적도 없는데 다들 바른 몸 올림픽 심사위원이다. 몸이 가벼워지거나 무거워질 때 당사자만큼 신체 현황을 잘 알고 있는 사람이 또 있을까. 안 알려줘도 된다. 아니까 그 입을 싸 물어라.

무라타 사야카의 소설 《편의점 인간》에 이런 구절이 나온다. "이상한 사람한테는 흙발로 쳐들어와 그 원인을 규명할 권리가 있다고 다들 생각한다. 나한테는 그게 민폐였고, 그 오만한 태도가 성가시게 느껴졌다. 너무 방해가 된다고 생각하면, 초등학교 때처럼 상대를 삽으로 때려서 그러지 못하게 해버리고 싶어질 때가 있다." 각자 속으로 쥐어본 삽이 그간 몇 개나 될까. 홀로 이런 독백을 해야 버틸 수 있는 곳이 살 만한 장소일까. 폭언만큼 적을 쉽게 만드는 짓도 없을 텐데 어리석은 간섭이다. 이들은 미래를 위한 각종 보장보험에 가입하면서 왜 말로 자신의 신용

자산을 파괴하나. 하지만 입으로 배설물을 내뱉은 사람은 창피해하지 않는다. 문제는 언제나 그걸 듣는 사람이 창피하다는 것이다.

신선한 과채, 저염 식품, 유기농 식자재가 좋은 걸 모르는 이는 없다. 내게도 떨어진 들꽃을 다듬어 식탁에 두고, 모히토에 따로 올릴 애플 민트를 사는 날이 있다. 밤새 두부과자를 만들고, 진땀을 빼며 오리탕을 끓이는 날도 있다. 공들인 음식을 음미하면 여운이 길다. 그렇지만 식단을 구상해 해먹고 치우는 일을 좋아하는 편인 나도 어느 지점엔 여력이 없다. 편의점 공산품은 비싸고 남고생 무리로 귀가 아픈 식당에서 혼밥할 기분도 아니다. 떨이 버섯, 무른 키위, 할인 빵 묶음을 사온 하루는 식욕이고 나발이고 날아가고 없었다. 늦은 밤 메밀국수를 삶고 거기 라면스프를 조금 비벼 씹다가 이건 사람이 먹는 식사일 수 없다는 생각을 했다. 사료로도 최악이다. 기분이 곧장 심해로 꺼질 줄 알았다. 그렇지 않았다. 단지 이런 밤이 있는 거라 생각했다. 더럽게 맛없는 메밀국수로 형질이 뒤바뀌지는 않는다. 이렇게 먹어도 나는 거의 그대로다. 잠을 푹 자고 나면 요리를 재밌어하는 내가 다시 부엌에 서 있을 것이다. 동네의 세계 식료품 가게에 들어선 날은 새 소스병 디자인을 보고 또 탄복하게 될 것이다.

　– 언니, 술 먹고 다 토하면 완전 다이어트 돼요. 저 두 달 동안 7킬로그램 빠졌어요. 대박이죠.

　나와 함께 토했던 이들 그리고 지금도 토하고 있을지 모를 이들에게 말하고 싶다.

　– 그러지 마요. 그러면 안 돼. 너는 웃지만 몸은 울어.

　내가 이웃에게 앵두와 백설기를 받듯, 언니들에게 퀴노아 샐러드, 감자 파이, 불고기, 콩국수를 얻어먹듯 그들 앞에도 이따금씩 기품과 노고가 어린 음식물이 놓이면 좋겠다. 그걸 위액과 함께 입 밖으로 밀어내지 않으면 좋겠다. 어떤 날은 부실한 밥을 먹지만 어떤 날에는 정성이 스민 요리를 먹는다. 자존감 따위 매일 매끈할 수 없다. 인생 한 방도 아니다. 무턱대고 이게 정상이라고 말하는 사람은 당신의 변화가 중요한 게 아니다. 그는 이유 없이 활력 있는 사람이, 자신보다 불우할 것 같은 이가 자기 말에 흔들리지 않는다는 사실이 불안하다.

먹고 사랑하고 기운 내자

텃밭샐러드

토마토·오이·양파·양상추
참깨 소스·깨부순 견과류

그 때 그때
샌드위치

호밀빵·치즈·햄·사과
상추·겨자·마요네즈

아득득 월남쌈

라이스 페이퍼·양파·양배추·당근·맛살
파인애플·땅콩 소스·칠리소스

대충 리조또

밥·버섯1~2종·파프리카
마늘·양파·생크림

무국적 케밥

또띠아·닭가슴살·부추
양파·쓰리라차 소스

동묘식 카레

버터로 구운 난에
밥을 올려 말아도 굿
커리가루·양파
휘핑크림·코코넛오일

양껏 먹는 두부과자

두부·박력분밀가루·계란
깨·소금·설탕·기름

라면보다 자주 먹는
제철 파스타

면·올리브오일·호박
마늘·쯔유·파마산 치즈

※ 속성으로 힘이 필요할 때

스피드 딸기우유

흰우유에 딸기잼

혼종찌개
— 괴식 같지만
부대찌개나
탄탄멘 맛이 남

김치찌개에
땅콩버터 한 순갈

역시
맛은 칼로리

찬 몸을 데우고 기력을 일으키렴!
한겨울 화롯불을 지키는 사람처럼

후리랜서의
로동조건

　1년의 반 이상은 낮밤이 뒤바뀌어 있다. 이 생활을 청산하려고 때때로 용을 쓴다. 아무리 목을 풀고 멀쩡한 척 전화를 받아도 상대가 이런 말을 했기 때문이다.

　－앗, 잠 깨워서 죄송해요(그간 이렇게 사죄한 분들, 제가 더 죄송합니다).

　실제로 밤에 잠들고 새벽에 눈이 떠지면 보람차기도 했다. 봄의 라일락, 초여름 공기, 가을 수원지 산책, 겨울 아침 햇살은 오전형 인간에게 더 활짝 열리는 세계였으니까. 하지만 얼마 가지 않았다. 아침 운동 등록을 해도 어느새 밤을 새고 나갔다. 몸이 자꾸 일감에 맞춰지고, 낮에 하는 작업이란 늘 부산했기 때문이다. 소음과 활기를 끼고 책상에 앉기에는 내 집중력이 약했다. 두 번째 커피 잔을 쥐고도 모니터 밖의 고양이들을 보며 귀엽다는 말을 100번째 한다.

　내게 아침이란 어휘력, 사고력, 체력이 대폭 축소되는 시간대다. 올빼미가 왜. 단정하고 음울한 새벽이 좋잖아. 애송아, 아침에 벌떡 일어나는 초인들을 좀 봐. 정말이지 노년 여성들의 오전 생활 느와르는 무시무시하다. 소박한 식당에서도 얄짤 없이 비정한 장면이 펼쳐진다.

　– 반찬 더 줘요. 이건 쉬었어. 컵에서 수돗물 냄새 나.

　판단과 실행이 빛보다 빠르다. 이들에게 나는 가엾고 잔망스럽다.

　– 시장에서 얼마 주고 샀어? 쯧쯧, 바가지네.

　과연 호랑이들이 풍뎅이를 보는 눈이다. 나는 잠자코 집으로 기어간다. 해가 지기 시작해야 심신에 평화가 찾아든다. 그제야 책을 펼치고 폴더의 파일을 연다.

　새벽, 커피, 음악, 담배, 술에 기대지 않고 근면히 일하는 프리랜서들도 많다. 곰곰이 생각해보면 작업을 잘하는 친구들은 술집에 없었다. 주접을 떨며 떠들다가도 모골이 송연해진다. 문학 얘기 말고 문학판 얘기, 미술 얘기 말고 미술판 얘기만 하는 사람들은 책상을 오래 비우기 때문이다. 작업을 성실히 해온 이들은 소맥의 비율을 따지기보다 음료, 식단, 의자, 침구, 신발, 손목

보호 용품, 모니터 화면 조도 등을 세심히 살핀다. 나처럼 몸에 커피만 주유하며 대책 없이 고강도 인터벌 노동과 장기 휴식을 오가는 건 미련한 짓이다. 40대, 50대로 들어서기 전에 그리고 원하는 날까지 작업하기 위해서는 노동조건을 수정해야 한다.

하지만 왜일까. 의연하고 규칙적이며 조화로운 삶을 일궈가는 이들을 동경하는 나는 얼이 빠진 채 머릿속이 뒤숭숭한, 이상과 현실의 차이가 해발 1300미터쯤 되는, 회의적인 작업자들도 좋아한다. 수십 년을 살아도 적응이 안 되는 문화와 관습을, 저혈당 상태에서도 열심히 비판하는 그들은 자기 언어로 무언가를 만들거나, 만들려고 하는데 잘 안 되고 있는 사람들이다. 우리는 헤어져 각자 있을 때 이런 기운을 풍긴다.

– 저 사람 어떡해. 쓸데없이 예민하고 우울해. 그건 웃자는 소리지, 왜. 어휴, 답답해. 아, 쫌!

경기도의 옛 빌라에서 150킬로미터 정도 떨어진 곳으로 거처를 옮긴 후 좋은 점 중 하나는 이제 그런 꼴을 들키지 않을 수 있다는 사실이다. 고양이들이 업신여길 만큼 온갖 약속이 사라진다. 뜨겁고 허황된 열기가 줄고 책상에 앉을 시간이 늘어난다. 인견바지에 카레 묻은 티를 입고 있어도, 머리띠를 오래해 〈이레이저 헤드〉 몰골이 되어도 누가 쳐들어오지 않는다.

라이트 박스를 켜면서, 일러스트레이션을 막 시작했던 20대 후반을 떠올린다. 위안과 불안을 함께 주던 백지들을, 잡을수록 무서웠던 붓을 생각한다. 순발력, 기지, 감각만으로 그림이 만들어진다고 생각했던 날들은 보기 좋게 산산 조각났다. 맨발로 계룡산을 탈 작정이었는지 필수품인 관찰, 성의, 인내를 빠뜨리고만 것이다. 물과 빛을 익숙히 다루기 위해서, 원하는 조형과 명암을 얻기 위해선 얼마만큼의 새벽을 뜯어내줘야 할까. 각성 없이 나섰다간 뒤집힌 공벌레가 될 거야. 성에 안 차는 그림만 그려낸다면 다른 일을 찾아볼 수밖에. 그런데 돌아보니 여성 창작자 대부분이 이런 자책에 시달리고 있었다. 그가 조지아 오키프처럼 그릴 수 없듯, 조지아 오키프도 그처럼 그릴 수 없는데 단죄가 심했다. 죄다 유쾌하고 명랑한 억양으로 스스로를 엄벌하고 있었다.

수년간 변한 게 더러 있다. 밑그림 그대로 나온 결과물이 하나도 없다는 사실을 깨닫는 동안, 내일도 일해야 하니 오늘은 그만해야 한다는 몸의 안내를 터득하는 동안 말이다. (타들어가는 심정을 최대한 무시하며) 헐렁한 마음으로 작업대에 앉다 보니 서서히 어깨 힘이 빠지고, 본래의 태평함이 돌아오고, 엄숙주의에서도 벗어날 수 있었다. 새 일마다 새 공부가 열리는 게 어렵고 즐거웠다. 매일 하던 드로잉을 얼마간 쉴 때 자책하지 않았다. 불안이 동력으로, 염려가 애정으로 조금씩 바뀌었다.

건강한 개와 건강한 예술 노동자가 지닌 조건은 비슷할지 모른다. 호기심, 관찰, 지구력. 이 밖에 필요한 건 간단히 이쯤 될까. 마감 엄수, 파일 수시로 저장하기, 전화 잘 받기, 메일 답변 미루지 않기, 계약서 꼼꼼히 읽기, 헷갈리는 건 꼭 질문하기, 인쇄 전 최종작업 또 확인하기(오탈자는 탄식으로 끝나지만 시안 네 개를 표지 한 장에 배치한 아사리판 결과물이 배달됐을 때는 천 년의 슬픔에 빠졌다), 감당 못할 일은 신속히 거절하기, 최소 한 명의 동료와 작업 고민 나누기, 부당한 처우를 짚기, 하는 일과 전혀 관계없어 보이는 분야에도 시선 두기.

좋은 그림은 눈앞에 있어도 까마득해 보인다. 작품이 완성될 때까지 쌓인 작가의 시간과 공이 거기 함께 자리하기 때문이다. 일러스트레이션뿐 아니라 만화, 소설, 음악, 영화, 내가 기대는 모든 작업들도 마찬가지다. 저항과 마찰 없이 완성된 것은 없다. 지금 구간에 붙들린 하나의 장면 뒤로는 만 개의 배경이 있을 것이다. 그 사실을 곱씹으면 세상엔 사랑할 작품들이 무한하다.

격투기,
안녕

옛날 옛날에, 호신용 호루라기를 선물한 애인이 있었다.

– 집에 가면 문자 해. 조심히 들어가.

쓸데도 없던 그의 말은 더 쓸모없어졌다. 숱한 연인들처럼 우리도 어느 기점에서 결별을 앞두고 갈팡질팡했으며 일부 남성이 그렇듯 그가 헤어지자는 내게 폭력을 썼기 때문이다. 나의 안면을 가격한 뒤에 그는 호루라기를 기억해냈을까. 그 밤은 몸의 통증보다 정신의 충격이 컸다. 현실감이 사라지고 없었다. 허망과 허탈로 새까만 머릿속엔 '어떻게 이럴 수 있지?'란 반문뿐이었다. 택시를 타고 집으로 도망친 새벽(그마저도 내가 부른 게 아니었고 대로에서 울고 있을 때 한 여성이 나타나 차를 잡아줬다), 다행히 가족들은 잠들어 있었다. 문을 잠그고 거울을 보자 하관이 피범벅이었다. 앞니 두 개는 흔들렸다. 건치 어린이였던 게 생각나 헛웃음이 났다. 아무리 봐도 내 몸이 아닌 것만 같았다. 나는 이 사건을 발설하지도 해독하지도 못한 채 한동안 누워 지냈다. 이불을 뒤집어쓰고 감기라고, 두통이라고, 혼자 두라고 말하는 며칠 동안 붓기가 가라앉았다. 이마를 짚어보려고 들어온 엄마는 내가 소스라치게 놀라는 모습이 (또 맞는 꿈을 꾸느라 얼굴을 가렸다) 불쌍했는지, 베개 밑에 만원을 넣어두고 나갔다.

이상한 계절이었다. 몸이 다쳤는데도 심경에만 골몰했다. 잇몸이 들려 망둥어 같은 얼굴을 하고도 내 모습이 피상적인 이미지일 뿐이라고 여겼다. 병원에 안 가고 훼손된 마음, 화석화한 영혼 따위의 멍청한 말을 일기에 썼다. 실존이 망해가는데 철학에 파묻혔다. 치아와 함께 판단력과 사고력도 함몰되어 있었던 것이다. 경찰서에서 진술을 한 건 결별 후에도 벌어진 다음 구타 때였다. 그때서야 이성이 작동했다. 오래전 겨울의 일이었다.

100퍼센트 이 사고 때문은 아니지만 그로부터 얼마 뒤 나는 격투기를 배우고 있었다. 정신을 차리고 보니 링 위. 사방이 거울인 곳에서 으어, 으어어, 짐승 소리를 내며 뛰는 게 다름 아닌 나였다. 무에타이와 킥복싱을 4년, 권투를 3년 남짓 연마하면서 운동을 안 하면 좀이 쑤시고 몸이 뒤틀리는 날도 찾아왔다. 도장이 문을 안 여는 주말과 공휴일에는 한증막에 갇힌 것처럼 갑갑했다. 주먹과 정강이로 샌드백을 세게 때려야 하루를 마무리할 수 있었다. 관장님이 연신 생활체육대회 신청서를 내밀었지만 내가 좋아했던 건 운동시간 자체였지 승리를 위한 엄혹한 단련이 아니었다(라고 말하면서 닌텐도 게임으로 권투를 할 때는 분기탱천하여 상대를 KO시킨다).

홀로 골목을 걸을 때나 잠들기 전에는 시뮬레이션을 했다.

－'손이 아니지. 코어, 무게 중심이 핵심이야. 오른발로 땅을 단단히 디디고 허리를 틀어서 주먹을 이렇게!'

도장에서는 쉬는 시간도 없이 줄넘기를 했다. 아무리 뛰어도 숨이 차지 않았다. 매끈매끈한 줄넘기 손잡이가 친구 손 같았다. 동기가 옅어진 지 오래인데도, 미워하는 대상 없이도 열심이었다. 붕대를 풀면 손금을 따라 피가 맺혀 있었다.

－누구한테 원한 있어요? 주먹을 얼마나 세게 쥔 거예요?

코치가 뒷걸음질 치며 웃었다. 그때는 과도한 운동중독이 우울증의 발현일 수 있다는 사실을 몰랐다.

여느 날처럼 운동을 마치고 작업실로 향하던 저녁, 누군가 어딜 가냐며 말을 걸어왔다. 홍대 사거리는 사람들로 북적였고 간판 불빛이 튀기는 길바닥은 대낮보다 밝았다. 그를 따돌리는 일은 쉬워보였다. 만만해 보인 게 어디 하루 이틀이었나. 냉소를 짓고는 골목을 돌았다. 건물 계단에 오르는 순간, 나를 따라온 그도 문에 들어섰다. 거구의 백인 남자였다. 돌아가라고 말해도 실실 웃었다. 주먹 쥔 손이 스르르 풀렸다. 성대는 자물쇠로 잠긴 듯했다. 인파와 소음이 가득한 거리는 골목을 틀면 바로 나오는데, 복도는 우주선처럼 조용하고 어두웠다. 다행히 작업실 동료가 가방을 메고 나오는 길이었다. 나는 그에게 눈빛으로 구조 요청을 보냈다. 그런데 그가 홀연 남자와 나를 피해 문밖을 나서고 말았다. 나는 백인 남자와 다시 대치 상황이 되었다(나중에 동료에게 물어보자 그가 너무 가까이 있어 친구인 줄 알았다고 했다).

4층 작업실까지 어떻게 올라왔는지 모르겠다. 숨을 몰아쉬자 어금니가 뒤늦게 저려왔다. 그가 더 고집을 피우지 않고 돌아간 게 천운으로 여겨졌다. 그러나 책상에 앉는 순간, 몇 년간의 수련이 물거품처럼 느껴졌다. 수 만 번 연습을 했지만 소용없었다. 실전에서는 한 번도 쓰일 수 없는 기술들이었다. 신장이 2미터에 달하는 사람 앞에서, 고압적인 자세로 말을 붙이는 외국인 앞에서, 아니 불시에 가까이 다가오는 모든 남자들 앞에서 몸은 굳었다.

100퍼센트 이 일화 때문은 아니지만 그로부터 얼마 뒤 나는 격투기를 그만뒀다. 싸우기 위해 무언가를 배우는 일에 흥미가 사라지고 없었다. 보다 근원적으로 나를 보살필 방안을 찾지만, 겁과 불안을 겉옷으로 걸치고 나서야 하는 세상에 그런 비책은 없을지도.

　 − 너 상추 꼈어, 적상추.

보쌈집에서 한 언니가 내게 속삭이듯 말한다.

　 − 아, 이거 치아 사이가 벌어진 거예요.

　 − 어떡해. 미안해. 너무 미안해.

　 − 아니에요. 괜찮아요. 진짜.

언니는 얼굴이 하얗게 질려 연신 사과한다. 상냥한 사람들이 매사에 미안해하고, 미안하다고 말해야 할 사람들이 입을 닫는 여기서 나는 또 어떤 호신술을 익혀야 할까.

네바다에 불시착한 것처럼
철저히 외롭다

7년 후

여기 산세는
완만하군

건강과
노화를
함께 얻음

해발
469
M

2부

아이들은
많은데

　내 눈에만 띄나. 공원이나 놀이터를 뛰노는 아이들은 여전히 많아 보인다. 애들이 이렇게 붐비는데 저출산 국가라니. 집밖으로 나오지 않은 아이들이 더 있을 텐데.

　─너 혹시 아이 낳을 생각 있니? 낳을 거면 빨리 낳고, 아니면 없어도 상관없어. 아니야(갑자기 준엄). 없이 지내는 것도 좋아.

　아이 두 명을 낳은 친구 S는 자녀들을 말 그대로 보석처럼 여긴다. 아이들 뒤통수만 봐도 눈이 그렁그렁하다. 하지만 둘째 딸아이의 수술을 치른 후 친구는 세계의 모든 사막을 걸어온 낙타처럼 피로해 보였다.

　─죄책감과 고립감이 말도 못 해. 치료비도 엄청나고. 그냥 있지, 사람이 무너져내려.

나는 친구의 말을 통해 병원에 아이들이 얼마나 많은지, 그간 밖에서 마주친 아이들이 얼마나 무사한 상태였는지 알 수 있었다. 아픈 아이들은 거리와 TV 주말예능이 아닌 건물 안에 있다는 사실을 멍청하게도 늦게야 짐작할 수 있었던 것이다.

　─임신 계획이 있다면 서둘러. 건강할 때 갖는 걸 추천해. 몸이 지치면 아이를 돌보기 힘들어.

　엄마가 된 친구들이 컴컴한 새벽녘, 각자 어떤 심정이었는지 짐작하다 단념한다. 의학이 아무리 발달했대도 여자들은 아직도 아이를 목숨 걸고 낳으니까. 양육 기간에는 고독과 우울에 휩싸이니까. 경력이 멈추고 이전 세상과의 통로가 하나둘 막히니까. 짓무른 몸과 마음을 혼자 추스르는 엄마들은 어쩌면 소리도 산소도 없는 우주에서 맴도는 기분을 느낄지도 모르겠다. 그래서일까. 자녀가 있는 친구와 만날 때, 친구 말고 그의 남편과 판박이인 아이들을 보면 허전한 심경이 되곤 한다. 유전자 검사를 하지 않더라도 친자라는 게 200퍼센트 확실하니 남편의 보람과 희열이 클 것 같은데 그 안도감이란 게 무참하게 느껴지기도 하는 것이다. 고생은 내 친구가 했는데 도대체 어디가 닮은 거지.

　아이에 대해 생각하다 보면 늘 여기서 멈추게 된다. 세상에 태어날 아이도 중요하지만, 태어나 떠도는 아이들이 무수하다는 사실 말이다. 마음을 다잡고 B에게 입양 이야기를 꺼냈을 때, 양가 어른들이 납득하지 않으리란 의견이 나왔다. 우리의 허약한 경제력도 함께 거론되었다.

─그러니까 아이를 직접 낳아 기르는 게 가장 좋지 않을까.

─이미 태어난 아이들이 너무 많은데.

답변은 다시 원점으로 회귀한다. B가 말한다.

─비유가 적절할지 모르겠지만 아이와 지내는 사람들은 봄, 여름, 가을, 겨울, 사계를 구석구석 다 겪는 것 같아. 혹독하고 고통스럽고, 말도 안 되게 괴로울 때가 있지만 그만큼 변화가 엄청나지. 근데 아이 없이 지내는 사람들은 가을만 보내는 느낌이랄까. 포근하고 쾌적한데 어딘가 일정하게 한산한 것 같아.

나는 고개를 끄덕이며 답한다.

─가을만 있는 거 엄청 좋지 않아? 부조리 체험, 다이내믹, 격변 그런 거 진력나. 게다가 우리나라 여름과 겨울이 거의 6개월씩인데 무슨 사계야. 평화롭고 싶어. 지리산 무박 등정 싫어. 둘레길이 좋아.

선선한 미풍이 도는 계절이 얼마나 짧고 귀한지 그도 모르지 않을 것이다. B가 뒷말을 보탠다.

　- 가을 날씨 좋지. 근데 가을 뒤는 겨울뿐이잖아. 경로가 너무
짧잖아.

　어느 시월 저녁, 언덕길에서 네 살배기 여자아이가 아빠를 부
르며 뛰어 올라가던 모습을 기억한다. 아이는 전력 질주해 B 앞
에 있던 남자의 허벅지를 끌어안았다. 남자가 아이를 들어 올리
며 활짝 웃었다. 방황이 체질인 나를 만나지 않았더라면, B도 저
런 아이의 충만한 포옹을 받았을지 모른다. 누구를 만났어도 사
랑을 잘 주고 잘 받으며 아빠로 살았을 가능성이 큰 인간이었다.

- 저 어제도 70으로 달렸어요. 이건 껌인데.

- 어휴, 그래도 좀 줄여야지. 위험한데(그리고 계기판의 숫자는 10이 끝이니 70이 아니라 7이겠지).

체육관에서 러닝머신 속도를 계속 올리던 남자아이에게 조심하라고 한 적이 있다. 크고 낡은 슬리퍼를 신은 아이는 내 시선을 의식하며 어린이 특유의 허장성세를 부리고 있었다. 성인과 대화를 나누는 게 신기한지 말꼬리를 잡고 억지를 부리고 관심을 유도했다. 부지불식간이었다. 이 아이를 기르고 싶다고, 오래 보살피고 싶다고 생각해버렸다. 여건과 제반을 모두 잊고 내게서 생성되는 사랑을 충분히 주고 싶은 의지가 잠깐 솟아올랐다. 다른 가정의 아이를 보고 왜 그렇게 근본 없는 욕구가 일었을까.

대를 잇는다는 말은 우습지만, 생명체가 종을 확산시키고 유지하려는 본능은 인지하고 있다. 보통 자신과 다른 특질을 가진 이에게 매력을 느끼는 것도, 다양성을 통해 안전을 꾀하려는 유전자의 힘이니까. 대개의 유기체가 그런 식으로 종을 지켜나간다. 혼자 남는다는 건, 홀로 살아남는다는 건 짐작보다 무시무시한 일이다. 나보다 오래 살, 나를 닮은 존재에 대한 욕망은 자유의지일지 효율적인 유전자의 지령일지 헷갈리던 차에 전화가

온다.

  ─ 야, 고민하지 말고 그냥 거북이를 키워. 너 갈 때 걔가 상주하면 되잖아.

  둘째 동생의 현답은 더 무시무시하게 간결하다(거북이를 그딴 이유로 기르면 안 돼).

  인간이 고독과 불안을 피하기 위해, 미래의 나날을 위해 생명을 잉태한다는 건 적절한 행동일까. 존재를 짓이겨 다른 존재를 일궈가는 건 숭고하지만, 그게 나라는 방만한 개인에게도 알맞은 행위일까. 내가 인간 너머의 영역으로 이동할 수 있을까. 어머니라는 초월자로 살아갈 수 있을까. 지구에, 동북아시아 남한에, 나를 닮은 인구 1인을 보태는 일은 정말 이로운가. 머잖아 도래할 인공 포궁 시스템이 지금의 가족 단위와 모성 개념을 뒤흔들 게 분명한데 번식, 유성 생식 말고 다성적인 내일을 더 자주, 더 달리 이야기할 수 없을까.

  책임과 방임, 이타와 이기, 윤리와 본성, 오늘과 미래. 아이와 관련한 가치의 경계는 매일 불투명하다.

  ─ 아직도 없어? 무슨 준비를 해? 멋모를 때 그냥 낳아야지.

  하지만 잘 모르는 사람의 결혼식에 불려가, 잘 모르는 친지와 그 지인들에게 포위된 채 이런 소리를 들으면 눈보라에 외투를 꽉 여미던 동화 속 나그네의 심정을 십분 이해할 수 있게 된다. 우심실에 걸어둔 조금 헐거운 나무 빗장이 티타늄 소재로 바뀌는 건 덤.

며칠 전엔 코를 심하게 고는 B에게 수술을 받는 건 어떠냐고 물었다. 오래된 고민이니 그도 고려해보지 않았을까 싶었다.

– 싫어. 왜. 무서워. 안 할래. 모든 수술은 부작용이 있잖아.

이 단호함은 뭐지. 그의 투명한 반응이 질문을 불러들인다. 무수한 참견에 나도 이렇게 대답할 수 없었나. 신체는 본인 자신의 것이며 그 운용에 관해서는 당사자의 결정이 제일이란 걸 왜 다들 잊고 있는 건지. 어째서 기괴하고 무례하기 짝이 없는 방식으로 이 영역에 관여하는지. 고통에 대한 상상을 타인에게 왜 적용하지 않는지.

여성 스스로가 충분히 고민할 시간을 주지 않는 곳에서, 선택이 끝났는데도 결혼과 출산을 종용하는 사람들 속에서 저출산은 강화할 것이다. 어머니 연습을 하고 있는 사람과 성장 중인 아이를 눈엣가시로 여기는 사회에서 누가 섣불리 용기를 낼 수 있을까. 세상에 나온 아이들에게 닿아야 할 보호와 존중, 애정과 책임도 아직 턱없이 모자란데.

궁금한 세계이긴 하지
아이가 처음 말할 때 기분이 어떨까

암맘마 / 따~따~따~

그림과 글을 만든 순간에는?

빨리 와서
이것 좀 봐
ㅋㅋㅋ

엄마, 아빠는 아직도
내가 아이였을 때
기쁨을 기억 하는 건가

간다!
잘살아

4시간 운전해서
가져 온 각종 식량

열린
관계

　　사랑하는 사람들이 연습할 것은 하나뿐, 서로를 놓아주는 것이
다. 서로를 붙잡는 것은 쉽게 되는 일이니 따로 배울 필요가 없다.
　_라이너 마리아 릴케의 〈진혼곡〉 중

　결혼 초반에는 눈물 뺄 일이 많았다. B와 나의 관계가 아닌,
둘을 둘러싼 관계망이 짐작보다 훨씬 촘촘하고 따끔했기 때문
이다.
　-'대체 이런 걸 왜 아무도 안 알려준 거지. 어떻게 죄다 축하
를 한 거야? 여긴 무간도잖아.'
　나는 비합리적인 시공간에 놓일 때마다, 한국의 결혼문화를
취재하는 인턴기자로 이곳에 방문한 거라 여겼다. 다큐 피디, 독

립영화감독이 될 때도 있었다. 만화와 소설의 소재가 나올 거라고도 생각했다. 하지만 큰 갈등 앞에서는 모노드라마도 소용없었다. 연애 6년, 동거 2년으로 다져진 B와의 결속력도 허술하게 느껴졌다. 에셔나 마그리트의 그림은 결혼의 이미지로도 보였다. 둘의 외부에서 발생한 문제는 내부를 파고든다. 내부로 들어온 문제는 다시금 외부로 확장한다. B와 다툴 때면 그 너머로 남성들의 긴 행렬이 보였다.

　－'아, 이렇게 지난한 역사라니. 이렇게도 뻔한 구도라니.'

　싸우는 동안 우리가 디뎠던 하나의 빙하는 서서히 갈라진다. 따져 묻는 나를 두고, 그는 시간이 필요하다며 운동장으로 간다. 기혼자들은 발아래 크레바스를 피해 움직인다.

　－같이 있어도 외로울 때가 진짜 외롭지!

　누군가 빙하 틈에서 소리친다.

　사랑하는 것과의 이별은 매회 고통스럽다. B가 멀어지면서 약간의 가시거리가 생기면 결혼이란 구조가 시야에 들어온다. 우리가 애초부터 결혼을 원한 건 아니었다는 사실을 기억한다. 그건 헤어지지 않고 대화하기 위한 최소한의 장치에 가까웠지, 양가의 부름에 우왕좌왕하고 가계도에 편입되고 새 세대를 증식시키는 인류 양식과는 거리가 있었다.

- 정신 차려. 결혼의 본질은 증여와 보상이야. 그건 양가 간의 계약이지 너희의 그따위 소꿉장난이 아니란다.

여럿의 핀잔에도 나는 결혼이란 기성품을 수선해 쓸 수 있다고 생각했다. 양식이란 약식이며 생활은 재구성해나갈 수 있다고, 둘의 여정을 대안적으로 기획하는 게 가능하다고 판단했다. 특이점, 인공지능, 4차 산업 혁명 시대를 얘기하면서 결혼은 왜 개편 수정할 수 없어? 이 임시적 발명품은 애당초 노동 분배와 범위부터 재가공하지 않으면 안 되는 제도이기도 하다. 그러니 우리의 결혼은 진짜 장난일지도. 둘의 합리가 누군가에겐 연민으로 비춰질지도. 동창들을 만나고 돌아온 B가 입을 내밀고 이런 망언을 전한 밤도 있었다.

- 그 자식이 취해서 펑펑 우는 거야. 내가 돈도 없고, 애도 없고, 시골에 산다고 불쌍하대.

호감과 신뢰를 결혼의 최소 구성요소로 구축했다면, 안전에 대한 욕구를 결혼 동기로 삼는 일은 온당할까. 지극히 명석한 이들에게 이 이유는 위험하다. 본인의 환경, 원 가족과의 갈등, 완전히 자립하지 않은 상태. 이런 엄청난 문제를 전격개선하지 않고 결혼하는 건 도피라는 의견이다. 부정하지 않는다. 맞는 말이라고 생각한다. 하지만 어떤 도피는 필수불가결할 수 있다. 어

쩌면 새 시작이 될지도 모른다. 혼자 있게 해주는 사람, 혼자서
도 잘 있는 사람을 배우자 최우선의 미덕이라 판단하는 이들에
게는.

당황스럽겠지만 세상에는 유부녀라는 호칭이 늘 당황스러운
기혼 여성도 있다. 결혼이란 경험을 정체성의 대부분으로 확정
짓는 시선, 문제 풀이를 끝낸 학생으로 취급하는 세상이 여전히
낯선 것이다. 뜨거운 아이스 아메리카노식으로 말하자면 나는
결혼이란 제도에 회의적인 기혼자다. B는 내 옆이 아닌 곳에서
도 잘 살아갈 사람이다. 나는 우리 각자의 자유에 제한이 있다
고 여기지 않는다. B가 언제까지고 내 남편일지, 내가 언제까지
고 B의 아내일지 알 수 없다. 태어나버린 존재는 어떤 조건에서
도 기본적으로 고독하고 불안정하다. 정신연령이 연애 시절에
머물러 있는 걸까. 한 치도 성장하지 않았나. 단조로운 구획 탓
은 없다. 기혼자는 질문을 받지 않거나 (아, 결혼 하셨군요. 다음 분-)
동일한 질문만을 받는다(아이는? 벌이는? 양가와의 관계는?).

─사실 누가 진짜로 싫어서 헤어진 적은 없지 않아?

─그렇지. 상황이 그렇게 된 것뿐이지.

서로가 서로에게 특별하고 영원하길 바라지만 모든 관계는
변화한다. 계속 설렐 수 없다. 감각은 점차 단순해지고 이별은

미래를 떠나 이쪽으로 이동 중이다. 이 유한성을 상기할수록 상대는 귀중해진다. 서로에게 다정해질 수 있는 이유는 이 한계 때문이다. B가 이어 말한다.

─좋아해서 같이 있다 보니 같이 사는데, 결혼은 페미니즘 붐이 일어나기 전일 때라 할 수 있었던 것 같아.

여성주의 운동에 일찍 진지하게 투신했다면, 그의 말대로 연애만 했을지 모른다. 주거 형태로 여성공동체를 상상했을 것이다.

─저기, 아줌마. 변명하지 마세요. 무슨 말도 붙이지 마세요. 이미 때는 늦었거든요.

결혼을 했으니 혹은 임신과 출산을 겪었으니 여성 운동에 대해 말할 자격이 없다는 주장이 있을 수 있다고 생각한다. 하지만 그런 배제와 소거의 끝에는 무엇이 있을까. 싸움의 목적이 또 다른 여성들의 입을 닫게 하는 것일까. 상태란 확정일까. 비혼 여성들의 지적은 일리가 있다. 네가 가부장제의 복무자라는 걸 인정하라는 말에, 정상가족만이 누리는 유무형의 혜택이 있다는 말에도 고개를 끄덕인다. 비판을 무시하고, 나의 노선만이 옳다고 생각할 때 찾아오는 건 위험하기 짝이 없는 영웅 심리다. 페미니스트라는 선언보다 선언 이후의 날이 중요하다는 걸 깨우치면서 겪는 일상은 실제로 고통의 연속이다. 나는 내가 얼마나 무식한지, 얼마나 안이한지, 얼마나 모순적인지 알아가느라 정신을 차릴 수 없다. 그래도 돌아갈 수 없다. 나를 포함한 여성들의 명확한 처지를 몰랐던 때로, 모른 척하던 때로 발을 돌릴 수 없다.

인구 표시의 소수점 처리는 늘 이상하다고 생각했다. 사람을 1.3명, 2.5명이라고 칭하는 게 가능한지 의아했다. 통계의 세계에서는 그 문법이 알맞다. 하지만 점과 그래프로는 개인의 입체성이 지워진다. 상식, 표준화, 일반 기준을 경계해야 하는 이유는 그것이 늘 개체의 독자성을 덮기 때문이다. 만화 《자학의 시》를 읽다 중도 포기한 독자가 있다면 2권까지 읽어보라고 권하고 싶다. 주인공 유키에는 어떻게 봐도 남편의 정서적, 경제적 학대에 길들여진 여성이다. 그를 인격 장애를 가진 인물로 분석할 수도 있다. 그러나 만화의 마지막 장까지 가보면 유키에가 자신의 삶을 이해하기 위해 죽도록 애쓰는 인간이라는 사실을 깨달을지 모른다. 국가 차원, 시스템의 일부, 남성사회의 부속품으로 유키에를 관망하면 그는 성인이 아니다. 하지만 이야기 속에서, 개별 서사 속에서 유키에는 여체와 난소가 아닌 존귀한 인간으로 호흡한다. 우리 각각은 때때로 지표와 분석의 대상이 된다. 종과 횡의 좌표로 자리한다. 그리고 그건 엄청나게 작은 점이다. 잊지 않아야 할 건 그 티끌이 움직이고 숨을 쉬는, 그러다 덧없이 꺼지기도 하는 점이라는 것이다.

미혼에서 기혼으로, 20대에서 30대로, 수도권에서 지방으로 이동하며 이제껏 모은 소량의 진실을 밝히자면 사람 일은 모르며, 마음은 억지로 잡을 수 없고, 싫어하는 것과 좋아하는 것이 매일 늘어난다는 것뿐이다. 에너지는 흐르고 모든 관계에는 입구와 출구가 있다. 그리고 누구에게나 알 수 없는 영역은 드넓다.

하이고
그 사람 없으면
숨도 못 쉬면서
다자연애
웃기 시네

ㅋㅋ ㅋ

아니지, 아니야
선각자들은 늘
단단한 자세로 시리도록
먼 곳을 보는 이들 아닌가
끊임없이 자신과 대화하려는
태도는 훌륭하지 않나

보부아르,
사르트르 커플
리스펙트

깨지기 쉬우니
주의하세요

오픈 릴레이션쉽은 사실 어려운 길
에너지가 엄청나게 드는 관계니까
사랑의 속성에서 소유욕과 집착을
덜어내는 데는 영원한 노력이 따를 거야
그 성찰이 자유와 광포를 오갈 테니

전생의 벗 같은
여성 흡연자들

긴장을 완화시키는 데는 담배가 요긴하긴 하다. 홍차나 명상, 가벼운 운동이 좋은 걸 알지만 직효는 니코틴이랄까. 지금 책을 펼치고 있을 지인들의 전두엽으로 이런 물음이 차오를 수 있다. 몰랐는데 그런 애였니. 아이를 가질 수 있는 몸인데 어떻게 그럴 수 있어. 그렇게 감쪽같이 속였다니. 지금도 피우는 건 아니지. 너 이리 와서 앉아봐라(이게 제일 무서움). 질책성 문의에 일일이 답할 필요도 입장문을 공표할 생각도 없다. 전국의 모든 흡연자는 현재 높은 세금을 낸다. 합법적으로 구입한 담배를 지정된 구역에서 깨끗하게 피우는 것 외에 누군가에게 니코틴에 중독될 수밖에 없었던 구구절절한 사연부터 어떻게 금연에 실패했는지 읊어야 할 의무는 없다. 그럼에도 추궁을 받는 순간이

온다면 괴로울 때 한두 번 피웠어요, 라는 쭈글쭈글한 말이 나올지 모른다(그러니 딸을 둔 여러분은 스트레스가 심했던 한때, 담배에 손을 댔다가 콜록이며 바로 껐다는 그들의 선한 거짓말을 추궁 없이 믿어주시길 부탁드린다. 아울러 아들의 흡연사실을 알게 되었을 때 딸만큼 혹독히 혼내지 않을 거라면 딸, 아들 모두 나무라지 말기를 간곡히 당부 드린다).

오래전 몇몇 미술가들과 공동 작업을 할 때였다. 첫 회의, 내 옆자리에 따분하고 초조한 얼굴로 앉아 있는 사람이 있었다. 가만 보니 사안에 집중하고 말고를 떠나 창밖을 내다보는 모습이 몹시 슬퍼보였다. 시선을 따라가면 멸종한 초식공룡 바로사우르스라도 서 있을 듯했다.

– 저는 여기 작업자 엄마인데 그냥 따라와봤어요.

쉬는 시간에 인사를 나눈 그가 절실한 음성으로 이 말을 덧붙였다.

– 그런데 혹시 담배 피우시나요?

그렇다고 하니 거짓말처럼 얼굴에 평화가 일렁였다. 담배가 떨어졌고 가게는 없고 흡연자를 애타게 찾고 있었다고 말하는데, 누군가의 얼굴에서 권태와 불화가 그렇게 깨끗하게 사라지는 순간은 지금까지도 잘 꼽을 수 없다. 볕에 나가 담배를 건네고 이런저런 얘기를 하다가 큐레이터가 그에게 인사하는 순간 알았다. 지금 내 옆에 서 있는 이 사람이 김혜순 시인이란 걸. 그날 나는 그와 쉬는 시간마다 함께 있는 반나절 벗이 되었다(덜덜 떨면서도 애써 평온한 척하는 벗이 있나 모르겠지만). 좋아하는 시를 밝힐지 말지 번뇌에 휩싸이느라 이번엔 내 쪽에서 회의에 집중할 수 없었다. 참지 못하고 제목을 말하자 그는 고개를 숙이고 겸연쩍어했다. 순식간에 엄청나게 단단한 눈빛이 지나간 것 같았다. 어줍지 않게 괜히 팬이라고 했나 봐. 어떡해. 한없이 가벼운 타인으로 남을걸. 후회가 일었다. 그래도 그때 내가 깨달은 건 좋은 작업을 하는 사람은 자기 작품을 은밀히 사랑하고 신뢰하되 확신하진 않는다는 사실이었다.

그런 이들의 시가 좋은 건 자신의 통찰, 직관, 감각을 회의하고 애정하는 인간이 시 안팎으로 온전히 느껴지기 때문일 것이다. 행과 행 사이가 마찰해 빛이 튀는 시를 읽으면, 언어 그리고 세계와 겨루는 그의 힘과 시간과 그늘을 상상하게 된다. 지금까지의 그 사람과 같은, 고유의 시선과 체취가 묻어오는 작업에 늘 끌리는 건 그 때문인지도.

그런데 말이다. 여성 원로나 대가들의 흡연은 드문드문 공개되는 편이지만 보통 여성들의 흡연은 밖으로 드러나지 않는다. 다수의 여성 흡연자는 담배가 본인의 기호품이라는 사실을 동네방네 떠벌리지 않는다. 독성물질은 모든 생명체에 해롭지만 더 살벌한 눈총을 받는 건 여성들이기 때문이다.

  − (어이구, 애쓰십니다.)

  − (네, 선생님도 고생 많으세요.)

그래서일까. 담배를 문 여성들 사이에는 보이지 않는 안부인사가 흐른다. 그 곡절, 지긋지긋한 사정 내가 알지요. 측은지심과 공감이 서로의 망막에 잠깐 맺힌다. 여태껏 여성전용흡연구역에서 행패를 부리던 이들 가운데 여성을 본 적은 없다.

  − 이거 역차별 아니야? 특혜잖아. 하다하다 흡연구역도 여성전용이냐?

바로 이런 차별 때문에 여성전용구역들이 존재하고 있다는 걸 알려줘야 하나.

  − 아주 여성시대야. 임신하면 어쩌려고 저렇게들 무책임해?

이 사람은 담배가 난소와 정자에 고루 악영향을 끼친다는 사실을 알아도 화를 낼 것이다. 그리고 믿을 게 드문 세상에서도 확신하건데 그의 시끄러운 분개심보다 내 휴대용 재떨이가 더 깨끗할 것이다.

잘못 출력된 인쇄물을 이고 명보극장 앞 흡연구역에서 담배를 피우던 날(그러니까 전시 때와 이때 딱 두 번), 인도에서 뛰놀던 남자애들이 나를 발견하고는 작게 숙덕거린다.

　– 엄마, 여자가 담배 피워도 돼요?

　입만 가리고 물으면 되나요, 다 들렸거든요. 옅은 두통에 눈을 지그시 감았을 때,

　– 그럼! 되지, 왜 안 돼?

　질문을 받은 보호자가 이런 답을 외쳤다. 나는 고개를 돌려 정수리 뒤편으로 후광이 가득한 그를 쳐다보았다. 담배를 문 나를 발견하고 자식 눈을 가리시는 분도 있었는데(아이고, 딱 세 번), 전방 100미터나 떨어져 있어도 그땐 몹시 무안했는데.

　어머니의 톨레랑스적 발언에 놀란 아이들은 지금 어떻게 자라고 있을까. 그날 이후 좋은 일로도 자주 놀라고 깨어나면서 쑥쑥 성장하고 있을 거라 믿고 싶다. 그리고 그 형제들 외에 다른 여아들에게도 이런 말을 건네고 싶다. 모든 여자가 엄마가 되는 건 아니라고. 엄마가 된 사람도, 할머니도 얼마든지 담배를 태울 수 있다고. 이모, 고모, 사촌언니, 선생님, 엄마 친구 중에 흡연 후 손을 씻고 이를 닦고 탈취제를 뿌리고 동네를 몇 바퀴 돌고 들어와 너를 안아 올리는 사람이 있을지 모른다고.

크나큰 꿈

코미디의
토양

　돌아보면 남성들의 코미디는 코미디가 아니라 흥이었을 때
가 많다. 말하자면 무대 활용력이 높은 셈이다. 화내기처럼 유
머도 타이밍이 중요한데 자존감이 높고 목소리가 크면 시간차
공격에 매우 유리하다. 주목을 끌며 자리를 장악하는 패턴에 능
숙해진 이들은 비슷한 기회를 절대 날리지 않는 데다 그 경험
을 집적해 기침에도 농담을 섞어 방출하는 수준에 도달한다. 하
지만 분별없이 기회만 독식했던 이들은 말의 정보 값이 낮은데
도 불구하고 지나친 발언시간을 요구하고 그걸 당연히 여긴다.
침묵과 반성이 사라지면 곁의 사람 얼굴에 드리운 불쾌와 염증
도 읽을 수 없게 된다. 자리를 차지하는 건 자신의 시끄러운 음
성뿐이다. 그런 자리에 끼면 고개를 가로젓는다. 눈썹을 일그러

뜨리며 티를 내다가 그가 신호를 알아듣지 못하면 손을 들고 말을 끊어야 한다. 자기 말이 늘 가치 있을 거란 확신은 대체 어디서 나올까. 모공? 콧털? 정강이? 누군가의 말을 무시하고 떠들면 돈을 쥐어준대도 절대 사양이다. 그렇게 무감한 어른이 되기는 싫다. 너무 싫어서 헛구역질이 날 것 같다.

지뢰밭을 기어 30대로 들어선 여성들은 말을 끊고 보는 존재에, 그들이 내뿜는 공기에 몹시 민감하다. 쎄함에 대한 몸의 감각이 초능력 수준으로 진화한 것이다. 암묵적 갑을관계를 십분 활용하는 인간, 구하지도 않은 조언을 늘어놓는 작자, 내용 없는 말을 장황하고 뜨겁게 이어갈 수 있는 사람, 그러니까 눈치 없는 이들을 너무 많이 접한 덕택이다.

그림을 전시하는 일에 점차 흥미를 잃게 된 건, 형식과 제약에 대한 회의도 있지만 개인전 때 얽혀들고만 특별한 사람들 때문이다. 30대로 들어서기 전에는, 업계입문에 관한 안내만 접했다. 성취감에 대한 간증 사례가 잦았다. 가늠하지 못했다. 중도 하차한 사람들은 아무 말도 하고 싶지 않았을 거란 사실을. 착각이 깨지고 체념이 들어설 때의 대처법, 미끄럼틀에서 덜 아프게 내려오는 방법을 상세히 알려준 이는 없었다.

자신을 영화감독이라고 밝힌 K는 카페에서 장장 2시간 동안 그의 시나리오를 설명했다. 영화의 세계관과 가치에 내가 만든 이미지가 꼭 어울린다고 했다. 요약본을 읽는 내내 코엑스 홀에 갇혀 출구를 못 찾는 심정이 되었다. 한국어로 적힌 대사가 고대 상형문자로 보였다.

　– '이걸로 촬영을 한다고? 대체 무슨 심보로 사람들을 괴롭히는 거지?'

　눈을 껌뻑이자 그가 감탄하지 않아도 된다는 표정을 지었다. 그림을 구입하고 싶다고 해서 나간 자리였다. 판매를 해본 적이 없어 가격을 확정하진 못한 상태였다. 그런데 그가 나대신 지불액을 알고 있었다. 희망소비자가를 진즉에 책정한 듯했다.

　– 영화 소품으로 쓰려고 하는데 무상으로 대여를 해주면 좋겠어요. 내 영화에 등장하는 거니까 홍보도 될 거고.

　그러니까 0원. 기한 없이 무료. 대여도 아닌 증여 수준이다.

　– '와, 영광이에요. 감독님 영화에 기록된다니 정말이지 각골난망합니다.'

　그는 내가 이런 대답을 하지 않아 의아한 얼굴이었다. 심지어 그림을 내줄 수 없다는 내 말에 모욕감을 느낀 것도 같았다. 그림은 내가 좋아하는 사람들에게 얼마든지 줄 수 있지만 그에게는 발로 그린 크로키 한 장도 넘기고 싶지 않았다.

다른 전시에서는 교수 C가 나타났다. 그림이 인상 깊었다며 자신의 전시에도 와주면 감사하겠다고 말했다. 그는 K와 달리 혼자 접근하지 않았는데, 주변에 그와 막역한 사이로 보이는 여성들도 예닐곱 명은 되었다. 나는 그가 허리를 숙이며 건넨 명함을 받아들었다. 이번에는 미리 그의 작업들을 훑었다. 다행히 블랙홀은 아니었다. 오래 갈고 닦은 이미지들 같았다. 보름 뒤, 그는 와줘서 정말 고맙다며 점심을 샀다. 섬세한 젓가락질로 갈치 가시를 발라 접시를 내 앞에 두었다. 그가 친구 H 이야기를 꺼냈다. 얼마 전에도 만나 작업 얘길 나눴다고 했다. H는 내가 좋아하는 여성 작가였다. 근처에 친구의 전시가 있는데 그것까지 보고 헤어지면 어떻겠냐는 그의 제안에 나는 약간 망설이다 고개를 끄덕였다. 맑은 가을 낮이었다. 차에 오르고 몇 분이 지났을까. 문손잡이를 잡았던 내 손을 세게 뜯어 물고 싶었다.

— 사귀는 사람 있어요?

— 네. 있어요(이런 게 왜 궁금하지?).

— 이런. 너무 아쉽네. 아니지, 그래도 물어봐야지. 난 어때요?

— 저 그 사람이랑 결혼해요(아님).

— 아. 그럼 둘을 동시에 만나는 것도 괜찮지 않나. 영화 〈몽상가들〉 알지? (반말 시작)

- 안 봤는데(봤음+그 영화를 이 따위로 활용하는 데서 소름). 근데 친구분 전시장 어디쯤이에요?

- 내가 학부생들이랑 연애를 몇 번 했는데, 걔네들이 누가 봐도 눈 돌아가게 예쁜 애들이었거든. 근데 그건 역시 부담스럽잖아. 난 이제 자기처럼 그늘 있는 사람이 매력 있어. 어딘가 상념이 패여서 참 좋아 보여. 우리 잘 어울리는 것 같지 않아? 저기, 날 잡아서 부모님한테 인사드리러 가도 되나? 나 마음에 들어 하시려나? 하! 나 이대로 영원히 달리고 싶다.

그의 차에 탔다는 이유로 이런 전개를 겪어야 하나. 나는 차창 밖을 쳐다보며 속으로 대꾸했다.

- '뭐 이 새끼야. 이게 다 무슨 개소리야? 아니다, 개야. 미안해.'

그는 망연자실 대답이 없는 나를 살피다가 불쑥 손을 잡았다. 온몸이 굳었지만 운전대는 그가 잡았고 여기는 낯선 곳이며 해는 기울고 있었다. 손을 확 밀치지 못하고 주춤주춤 팔짱 낀 자세로 몸을 고쳐 앉았다. 심기를 건드리지 않고 탈출해야 했다. 분노는 나중에 처리해야 할 감정으로 밀려났다. 인가가 나타나고 도심지가 눈에 들어오자마자 화장실에 가야 한다고 했다.

- 먼저 들어가세요(영원히 달려서 지구를 떠나줘). 저는 서점에서 찾아야 할 책이 있어요(여기만 벗어나면 마법천자문도 읽을 수 있어).

그가 계속 기다릴까 봐, 나를 찾으러 올까 봐 거짓말을 보냈다. 집으로 돌아가는 길에 화가 차오를 줄 알았는데 눈물이 차올랐다. 달아나기 위해 끝까지 상냥했던 내 표정이 그제야 무너졌다. 나를 단 두 번 만난 자리였다. 본인의 신분을 완전히 노출한 채 벌이는 짓이었다. 그리고 그는 우리 아빠보다 고작 네 살이 적었다. 안전거리가 확보된 나의 방에서 며칠간 가만히 쉬었다. 다시 연락하지 말라는 문자는 한참 뒤에 보낼 수 있었다.

불공정거래일수록, 상대가 손해를 볼수록, 이 차이를 가리기 위해 화법이 유려해지는 이들이 있다. 그들은 다름 아닌 너에게 베푸는 호의라고, 이건 예외적이며 특별한 혜택이라고, 값진 경험이 될 거라고 운을 뗀다. 나만 이런 위인들을 만날까. 내가 지금까지 단 두 명의 위인만 만났을까.

- 야. 나는 어떤 놈을 만났냐면.

- 이름 말해봐. 우리 공유하자. 같이 피하게.

여성들이 모인 자리에 이런 이야기는 수두룩하다. 못해도 천일야화보다 길어질 것이다.

동네 김밥집에 들어섰다가 한 노년 남성이 늘어놓는 자식 자랑을 강제로 듣는다.

- (중략) 속 썩여도, 암만해도 딸보다 아들이 든든해. 제사도

지내줄 거고.

김밥을 마는 여성 직원이 웃으며 대답한다.

- 어이구, 그렇죠. 암요.

포장봉투를 든 그가 나가자 직원이 나를 쳐다보며 말한다.

- 오메, 지기랄. 저 집 며느리 못 보겠네. 와도 도망치지. 늙어서 말 많으면 못 써. 그치?

우리는 식당 테이블을 치며 폭소한다.

여성들의 유머가 이런 토대에서 발달한다는 게 서글프다. 정신분석이론에 따르면 유머 감각이란 방어 기제와 다를 바 없다. 둘은 함께 성장한다. 강력한 현실 조건에 대항하려면 나름의 완충 지대를 확보해 자극을 튕겨내야 하기 마련인 것이다. 우리들 개그의 뿌리는 다름 아닌 시니컬, 세상만사에 대한 냉소와 환멸. 악조건 속에서 다져진 코미디언 기질은, 본의 아닌 해학과 풍자와 골계미는 그래서 너무 웃기고 너무 슬프다.

피의
굴레

바다를 유영하는 참치처럼 표연히 지내는 날들이 있다. 그러나 생리를 시작할 때 나는 물 밖으로 끌려나와 통조림에 갇힌 신세로 전락한다. 사고, 상상, 이해가 뚝뚝 끊기고 인생이 나 하나만으로도 벅차다. 웃어넘길 허튼 소리에서도 인류의 밑바닥 본성을 발견하고 스치는 행인들의 사소한 부주의는 성서의 7대 죄악으로 바뀐다. 허벅지, 골반, 허리, 대장, 위를 멋대로 쥐어뜯고 소화불량, 구토, 설사, 오한, 전신근육통을 몰고 오는 생리통은 이제 그만 살고 싶다는 혼잣말을 하게 한다.

― 오랫동안 자리에 앉아 조용히 일하시죠?

― 네(여기는 점집이 아니라 한의원인데? 아니, 한국인들 2천만 정도는 이렇게 일하잖아!).

– 현대 사회는 바야흐로 자기어필 시대입니다. 탤런트들을 보세요. 지 자랑을 얼마나 잘하나요. 너무 가만히, 웅크린 채로 있지 말고요. 밝고 외향적인 사람들과 어울리며 격한 운동을 해보세요. 진취적으로요. 소음인은 활개를 펴야 돼요. 세상아, 비켜라! 이렇게. 홍해를 가른 모세 알죠?

손가락, 발가락에 침이 꽂히고 배 위에서 쑥뜸이 탄다. 아무래도 의사의 처방은 다시 태어나라는 소리로 들린다. 이 사람은 〈태조 왕건〉이나 〈야인 시대〉를 감명 깊게 봤을지도 모른다. 땅, 불, 바람, 물, 마음을 합쳐 분명한 적을 쓰러뜨리는 웅대한 서사가 취향일 수 있다.

적적한 심신을 끌고 들어간 카페에서 추가요금을 내면 타로점을 봐준다고 한다.

– 새로운 사람들을 만나는 일에 굉장히 주저하시네요. 철벽을 치고 계세요. 마음도 잘 안 터시고. 어깨가 굽지 않게 신경 쓰시고 산부인과 계통 스트레스도 주의하세요.

내가 고른 카드에는 골목 밖 환한 거리를 물끄러미 내다보는 검은 고양이의 뒷모습이 있다. 이걸 내 모습의 은유로 읽는 일은 파렴치한 짓이다. 작은 흑묘는 지나치게 아름다우니까. 언감생심 꿈도 안 꾼다.

샤워를 하고 소파에 누워 이마에 손을 올린다. 6학년 때부터 시작된 피의 역사가 까마득하게 느껴진다. 수년 전 중성화 수술을 마친 암고양이들이 내 앞을 전력 질주한다.

–언니, 진짜 아파. 그만 뛰고 나가든가 배에 꾹꾹이 좀 해줘. 응?

전혀 듣지 않는다. 추진기를 달았는지 몸이 비치볼처럼 솟구친다. 생리는 나의 이동권과 근로의지를 대폭 축소시킨다. 어떤 약속이든 가장 먼저 확인해야 할 건 생리 주기다. 매달의 일주일이 이렇게 무력한 건 인생 총체에서 심각한 손실이 아닐 수 없다. 진통제, 온열매트, 쑥 환, 달맞이꽃차, 라벤더 향초, 발마사지, 족욕, 타로점(왜 끼워 넣지요?), 운동, 물리치료, 인생 상담(말고 병원에 가야 해)을 거치며 들어본 생리에 관한 조언 몇 개는 아래와 같다.

1. 출산하면 다 없어진다.

엄마가 자주 하는 말로 못된 마음 씀씀이를 너그럽게 갖고, 몸을 다독이라는 소리와 같이 등장한다. 어머니, 출산으로 포궁 위치가 변할 경우 생리통이 사라지는 여성들도 더러 있지만 이게 모두에게 해당되는 건 아닙니다. 임신과 출산으로 생리통이 완화되더라도 다른 헬게이트가 열린다는 건 모두가 주지하는 사실이고요.

2. 생식기에 심각한 문제가 있을 수 있다.

겁먹지 말자. 얼마간의 통증은 비질병 범주에 속한다고 한다. 주먹 크기의 근육이 팽창하고 수축하는데 아프지 않은 것도 이상한 일. 일상생활을 못 누릴 정도로 생리통에 시달린다면 흔히 다낭성난소 증후군이나 근종을 의심하는데 자세한 진단은 병원 내담을 거치는 게 이상적이다. 뭐가 됐든 포털 검색을 통한 자가 진단은 금물. 각자의 몸을 규격화시킬 수 없으니까.

3. 생리를 일시 정지시키는 시술은 어떤가.

- 정말, 정말 좋아. 일하는 데 아무 지장도 없고 버리는 시간도 없어.

이 방법이 제일 탁월할 수 있다. 지인들의 만족도도 높은 편이다. 미레나의 경우 간단한 삽입시술로 생리를 중단시키는데, 작은 장치는 5년에 한 번 교체하고 결정이 바뀌면 얼마든지 기구를 뺄 수 있다. 그러나 생리가 단번에 없어지는 건 아니고 개인별로 부정출혈이 나타날 수 있다. 나는 이 선택지를 집어 들까, 고민해왔는데 근래 생리양이 무섭게 줄어들어 필요하지 않겠다는 짐작도 든다.

4. 여성호르몬에 유해한 제품들을 치워보자.

내 경우 향수, 디퓨저, 섬유유연제를 줄이거나 사용하지 말라는 조언은 유익했다. 쾌적하고 산뜻한 향은 정신 건강에 이롭지만 여성 건강에는 실이 될 수 있다. 식품을 플라스틱 그릇 대신 유리나 사기에 보관하는 방법도 꽤 유효했다. 무엇보다 내게 가장 확실한 생리통 완화책은 탐폰, 생리 컵이 아닌 유기농생리대였다. 그동안 사용했던 패드(제일 저렴한 제품이 아니라 대형업체에서 내놓는 스테디 브랜드)에서 순면에 가까운 용품으로 바꾸니 허망할 정도로 통증이 사라졌다. 과도하게 아팠던 이유가 있었다. 고열로 응급실에 실려 가지 않아도 됐다. 내가 자주 골랐던 제품은 안전성 검사를 하지 않아 공분을 샀던 수많은 생리대 중 하나였다. 그동안 무슨 화학성분을 첨가했기에, 여성 필수품을 얼마나 허술하게 생각했기에.

생리 1일 째

생리 2 일 째

생리 3 일 째

생리 4일째

생리 5일째

생리 6일째

피가 잦아들면 몸에 대한 감각도 옅어지는 건 쓸쓸한 일이다. 생리 때는 여성으로, 생리가 아닐 때는 인간으로 사는 느낌 역시 분열적이다. 완경이 오면 모든 게 후련할까. 아니, 자유는 늘 늦게 찾아오고 그때도 다른 우울과 혼란을 데려올 것이다. 그러니 생리하는 본인의 몸을 맹비난하고 멸시하는 건 스스로를 불허하는 태도일 수 있다. 피 흘리는 여성을 저주 어린 시선으로 대한 인류의 역사는 길다. 여성 생식기에 대한 공포는 가슴만 있는 인어를 만들어냈고 사이렌은 남성들을 홀려 파멸로 이끈다. 불안과 불가해함은 인간의 특질인데도 불구하고 독해가 어려울 듯한 여성은 여성이 아닌 여우, 족제비, 삵으로 불렸다. 구미호는 간 100개를 먹거나, 남성과 결혼해야 인간이 될 수 있었다. 포악하고 고독하며 그래서 자유로운 여성상은 매번 길들여야할, 정을 맞아 다듬어져야 할 문제적 캐릭터 취급을 당해왔다.

"나도 인간이야"라는 말을 누가 어떻게 쓰는지 보면 흥미롭다. 한 문장인데 활용법이 다르다. 많은 경우 여성은 우그러진 걸 펴려 할 때, 남성은 팽창된 걸 우그러뜨리고 싶어 할 때 사용하니까. 한쪽은 더 이상 하대받지 않길 원할 때, 한쪽은 비어져 나오는 유약함을 알리고 싶을 때 쓴다. 놀랍게도 세상은 성인 남성을 제외한 이들을 실체하는 존재로, 생애가 있는 생명으로

보기 힘겨워했다. 그리고 지금도 자주 난처해한다. 피를 흘리든,
피를 흘리지 않든 우리를 그 자체로 직시해달라는 건 누구에게
부탁을 해야 할 문제가 아닌데도.

여성들의
운동장

초등학교 체육시간, 교사가 남학생과 씨름을 해볼 여학생이 있냐고 물었다. 다들 두리번거리기에 무심히 손을 들었다가 2초 만에 모래사장에 거꾸로 내다 꽂히고 말았다. 상대는 미간에 굵은 점이 있던 남자아이였는데 지금까지도 그 득의양양한 얼굴이 잊히지 않는다. 더불어 내 정수리와 볼에 엄청난 양의 모래가 튀었을 때, 기묘하게 상쾌했던 감각도 잊히질 않는다.

씨름보다 훨씬 무서운 운동은 단연 고학년 때 익힌 피구였다고 말할 수 있다. 선 안에 사람을 몰아넣은 뒤, 공으로 신체를 무작정 공격하고, 죽었으니 나가라는 말이 쏟아진다. 안경알이 깨지고 고성이 오가고 상대편 반 학우들과는 철천지원수가 된다. 나의 세대 체육 교과과정은 여성과 남성의 운동장 활용도가 정반대로 달라서 운동장을 한없이 넓게 쓰는 야구는 남자들의 것, 운동장을 한없이 좁게 쓰는 피구는 여자들의 것이었다. 공에 맞지 않으려고 무리를 지어 움직일 때마다, 친구들이 하나둘 곁에서 사라질 때마다 다가오는 공포는 육중했다. 선 안에 남은 단 한 명에게 관심이 증폭되는 것도, 그가 영웅 아니면 역적이 되는 수순도 스산했다. 아무리 봐도 피구란 여성이 운동에 대해, 신체 활용력에 대해 트라우마를 갖도록 고안한 구기 운동임이 틀림없다.

운이나 실수로 자격을 잃고, 단번에 주도권을 박탈당하는 게임과 달리 몸을 단독으로 경영하는 운동은 즐거웠다. 옆집 중학생 언니가 데려간 에어로빅 센터에서는 여성들이 지닌 삶에 대한 강력한 긍정과 낙관에 내상을 입을 정도였다. 링가링가 춤을 추면서, 척추와 고관절에 굉장한 무리를 주면서, 땀을 극심히 쏟으면서, 모두 웃고 있었다. 엔돌핀으로 자가 부상이 될 것 같은 공간이었다(언니가 이사를 가는 동시에 나의 에어로빅은 끝났고, 나중에 그가 에어로빅 강사를 하고 있다는 감격스러운 소식을 들었다. 한 번 흥미를 붙인 운동을 쉬지 않고 밀어붙였다니, 분명히 변화와 고비가 있었을 텐데도 계속 나아갔다니). 고등학교에 입학하고 나서는 뜬금없이 리시브 연습을 과도하게 했다. 배구 명문인 학교였다. 공은 뻔질나게 멋대로 튀어나가다가, 어느 시점부터는 의도한 높이와 방향을 갖춰 솟아올랐다. 흰 공이 두 손목에 닿는 감촉과 박자에는 비언어적인 생명력이 있었다. 인생에서 방학과 체육이 사라지면서, 이 느낌은 점점 휘발했다. 나는 어느새 운동 없는 삶에 익숙해졌다.

휴학을 하고 종로의 민속주점에서 1년 정도 일한 적이 있다. 다음 학기 등록금을 낼 상황이 아니었기 때문이다. 인사동에 주점 외에도 호프집, 찻집 등의 가게 여럿을 소유하고 있던 사장은 내가 다른 가게들의 업무도 익히길 원했다. A가게가 한산해지면 B가게로, B가게에 손님이 적으면 C가게로 나를 마구 굴리기 위한 속셈이었다. 둔하게도 나는 그 일정을 소화해냈다. 주 6일, 개량 한복에 앞치마를 두르고 골목 구석구석을 삽살개처럼 내달렸다.

–넌 이걸 어떻게 다 해?

주말 보조 알바생으로 들어온 남자는 해병대 특전사 출신이었는데 이 질문을 끝으로 3일 만에 일을 관뒀다. 당시에는 내 체력이 제법이라고 생각했다. 발에 불이 나고, 머릿속이 하얘진 상태를 근면으로 착각했다. 나는 육체와 감정을 두루 혹사시키면서, 저임금 장시간 노동에 맞설 최소한의 저항력을 어딘가에 처박은 채로, 위기를 잘 극복했다고 그리고 하루를 무탈히 갈무리했다고 여기고 있었다. 24시간에 곱디곱게 가루를 내면서 말이다.

여성들의 마모와 고단을 곱씹다 보면 영화 〈다가오는 것들〉이 생각난다. 이자벨 위페르가 연기하는 나탈리는 처음에 우아하고 건조한 날을 보내는 것처럼 보인다. 철학 교수인 그가 머무는 서재, 거실, 정원은 눈부시게 질서정연하고 아름답다. 그러나 어머니의 새벽 전화를 받은 나탈리는 침침한 식탁에 앉아 기계적으로 음식을 섭취한 후 외출한다. 그의 근황을 더 들여다볼까. 불안증에 걸린 어머니는 일주일에 세 번 구급대를 부르고 외동딸 나탈리에게 밤낮으로 전화를 건다. 25년을 함께한 남편은 애인이 생겼다고 말한다. 나탈리의 저서는 매출 현황이 형편없다. 제작비는 높은데 수익이 낮다는 소리를 면전에서 듣는다. 애제자 파비앵은 나탈리와 나탈리 세대의 실패를 짚고 그의 교육 철학을 부정한다. 버스 창밖으로 남편과 젊은 애인이 지나간다. 혼자 찾은 극장에서 초면의 남자가 되도 않는 수작을 건다.

교수, 아내, 어머니, 모친의 보호자, 할머니에 이르는 역할을 수행해야 하는 나탈리의 내면은 그가 정갈하게 꾸린 집의 풍경과 다르다. 이혼을 준비하는 나탈리는 가족 여행지였던 해안가 목조 별장에서 짐을 정리하다가 운다. 쌓아올린 것들이 투명하게 무너진다. 쉽게 쇠퇴한다. 그래서 제자 파비앵이 혁명을 이야기할 때 나탈리는 담담한 표정으로 이렇게 말한다.

– 나도 다 해봤어.

그는 어느 기점부터 혈기, 열정, 예상 밖의 변화를 무시하게 된 걸까. 이 영화는 한 인간이 어떻게 보수가 되어가는지에 대한 여정으로도 읽힌다.

나는 나탈리가 영화 내내 끝도 없이 몰려드는 날파리를 쫓는 것처럼 보였다. 털어낸 줄 알았던 날파리가 다시 나탈리에게 들러붙어 손사래를 멈출 수 없는 것 같았다. 나탈리는 조각난 하루를 기워 펜다. 아무도 모르는 균열을 그 혼자 메꾼다. 곤궁한 장막을 걷으면, 시답잖고 부산하며 삿된 일정을 오려내면 그에게 어떤 정념이 나타날까. 결혼, 양육, 혈연. 애정과 희망을 들인 모든 관계가 나탈리의 삶을 좀먹는다. 산만이 열망을 부순다. 근시가 의지를 꺾는다. 점점의 노동이 여성의 인생을 부식시킨다.

일은 삶을 끌어가는 동시에 치댄다. 보이지 않는 일, 눈에 안 띌 정도로 흔한 일부터 이름을 지우고 쏟은 시간을 우롱하고 공을 앗아가는 일은 여성의 자기 효능감까지 파괴한다. 여성들에게 노동이 섞이지 않은 순전한 운동이, 운동과 분리된 자신만의 노동이, 나아가 더 넓고 평평한 운동장이 돌아가야 하는 이유가 여기 있다.

자연은 내게 회의와 불안의 씨만 제공한다
내가 놓여 있는 상태에서
내가 뭔지, 뭘 해야 하는지도 모르는 나는
나의 신분도 의무도 모른다

나탈리의 대사
-블레즈 파스칼,《팡세》중

자판으로 쓰는 비명

샐러드용 양배추와 파프리카를 채 썬다. 사과당근주스를 만들기 위해 믹서와 유리컵을 꺼낸다. 10살 여아를 강간한 30대 남성이 3년으로 감형을 받았다는 아침 뉴스가 나온다. 이럴 때 연속극 속 배우는 손에 쥔 컵을 와장창 깨뜨리던데. 심리적 충격이 곧장 드러나던데. 나는 눈을 잠시 감았다가 뜬 뒤 남은 식재료를 정리한다. 면보로 거른 즙을 컵에 차분히 따른다.

20살 무렵 약국을 돌며 수면제를 모으던 기억이 난다. 약이 늘어날수록 모든 게 평화로워 보였다. 세상은 멀고 둔하기만 했다. 당시 나는 어느 연극팀 미술부에 있었는데 암적색 커튼 뒤에 앉아, 대사를 읊는 배우들의 뒷모습을 보고 있으면 마음이 포근해졌다. 아마추어 같은 연기, 어설픈 소품, 애매한 조명. 전부 덧없이 귀여웠다. 고통에서 벗어날 날이 멀지 않았으니까. 20년 남짓 경영한 인생을 마감하려던 때였으니까. 고행뿐인 삶을 떠나면 무대 뒤편과 꼭 닮은 어둑한 평온이 몸을 감쌀 것 같았다. 은은한 염화미소가 지어졌다. 그 겨울은 전에 없이 너그러운 표정에 바르고 곱고 둥근 말씨를 유지했다. 밝은 목소리로 안부를 나누며 신변을 정리해나갔다.

뮤리엘 루카이저의 시 〈케테 콜비츠〉에는 이런 구절이 있다. 널리 알려진 문장이다. "만약 한 여성이 자신의 삶에 대해 진실을 털어놓는다면 어떻게 될까? 아마 세상은 터져버릴 것이다." 아동 성범죄자 중 열에 넷 가량은 면식범이라는 통계 결과로 말을 꺼내고 싶다. 내게도 5세부터 아는 사람들이 의아한 접촉 그러니까 범행을 저질러왔다. 그때부터 현재까지 내가 만난 성범죄자 중 초면인 자는 드물다. 외모, 옷차림, 이동 시간대를 묻고 싶다면 그게 질문이 아니라 폭력이란 걸 깨닫기 바란다. 그들이 가까이 온 이유는 단 하나였다. 내가 그 짓을 아무에게도 말하지 못할 만만한 대상이라 여겼기 때문이다. 성인지감수성이 발달하지 않은 사회에서 성장한 한국의 80년대 생에게 이런 일이 아주 특수한 사고가 아니라는 건 거대한 슬픔이다. 삼촌, 사촌, 촌수도 모를 친척부터 이웃, 교사, 목사에 이르기까지 아동에게 접근이 용이한 이들이란 너무 많았다. 이전, 그 이전 세대들에게는 더 만연한 악행이었을 것이다. 아이들은 안전하지 않은 곳에 쉽게 맡겨졌다. 말해도 묵살당했다. CCTV는 없었다.

양가 모두에 범죄자가 있었기에 명절과 가족행사는 암담했다. 미성년일 때는 불참 의사가 허약했다. 이성이 나간 채로 국을 뜨고 웃고 TV를 봤다. 한복을 입고 트로트를 부르는 피로한 외국인에게서 눈을 떼지 않았다. 시야에 범죄자가 들어오면 두 눈을 자체 매직아이로 뿌옇게 만들었다. 한 해, 두 해가 지나면서 그런 자리에 가지 않기 위해 필사적으로 애를 썼다.

-아무리 바빠도 그렇지, 어떻게 장례식에 못 와? 그렇게 살면 안 돼.

어느 날, 전화 너머 아빠의 질책에 갑자기 숨이 쉬어지지 않았다.

-혼자 사는 세상도 아닌데 너만 생각하면 되겠어?

엄마의 원망에는 피가 식어갔다. 《나는 입이 없다 그리고 나는 비명을 질러야 한다》라는 할란 엘리슨의 소설 제목이 내 심정 같았다.

-'거기 가면 그 새끼를 보게 되잖아.'

나는 이 말을 뱉는 대신 무작정 공원으로 나갔다. 발목이 시릴 때까지 내처 걸었다. 오래 달아났지만 이런 연락이 닥칠 때마다 내 나이는 한 자리로 줄었다. 이 문제에 관해선 시간에 해결을 맡길 수 없었다. 트랙을 함께 도는 타인들만, 내 인생에 아무 영향을 끼치지 않을 그들만 구원자로 보였다. 하지만 호흡이 진정되진 않았다. 나무 둥치에 기대 최근 통화목록을 들여다봤다. 거기 없는 D언니에게 전화를 걸었다. 담담하게 얘기하고 있다고 생각했는데 언니는 울지 말라고, 숨을 깊이 들이마시라고 한다.

그날 이후 몇몇 사람에게 이야기를 다시 꺼냈다. 만나는 사람에겐 함구하라는 선배, 넘겨짚는 지인, 진중히 들어준 동행. 반응보다 중요한 건 내가 그 말을 편하게 되풀이할 수 있게 된 거라 생각했다.

─아유, 누가 이런 야한 그림을 그리래? 이런 걸 어디서 봤어?

어린 시절, 스케치북이 장롱 위로 처박히기 전부터 나는 직감하고 있었나 보다. 가장 가까운 사람에게도 할 수 없는 말이 있다는 걸, 가장 가깝기 때문에 하지 못하는 말이 있다는 걸. 입 밖으로 나오는 말이 죄다 두꺼비, 지네, 뱀으로 바뀌는 동화 속 여자아이에게 가능한 건 침묵뿐이었고 그 형편은 나와도 비슷했다. 발설하지 못하는 갑갑함보다 발설하고 난 뒤 닥칠 몰이해가 훨씬 두려웠다.

  ─ 예를 들면 소나기를 맞은 거예요. 갑자기 내리는 비를 맞은 게 잘못이 아니잖아요. 그 일은 선생님 탓이 아니라 그 개새끼들 잘못이에요.

  깊은 위로는 낯선 사람에게 받기 쉬운 걸까. 친분 없는 관계가 이런 안식을 주나. 무료 상담전화를 통해 들은 이 짧은 말은 두고두고 따스했다. 트랙을 함께 돌던 사람들보다 더욱.

  믿지 않는 이도 있겠지만 성폭력 생존자들도 일상생활을 생기 있게 꾸려갈 수 있다. 심신은 날로 재생되며 인간에게는 재활력이 있다. 전문가의 치료 이전에 자가 치료도 있다. 365일 웅크려 울지 않는다. 영혼이 파탄 났다고? 신세와 인생을 망쳤다고? 그렇게 돼야 하나? 자위, 연애, 결혼, 임신, 출산. 무엇이든 선택할 수 있다. 파트너 없이 혼자 운행하는 항로도 펼쳐진다. 섹스는 성욕이 있어도 안 할 수 있다. 성욕이 없어도 할 수 있다. 큰일도 아니다. 몇 해 전 트위터에서 최근에 본 영화제목을 자신의 생식기 이름으로 부르자는 해시태그가 돈 적이 있다. 그래서 거기, 그쪽, 아랫부분, 소중이, 여성중앙 대신 붙여진 내 성기의 이름은 모아나가 되었다. 애정 어리게 본 영화라 다행이었다. 모아나, 라는 새 이름이 만족스러웠다.

긴 시간, 명백한 권리를 낯설어했다. 눌러 붙은 자아상에 물기가 돌지 않았다. 누군가 나를 함부로 대하지 않을 때 뭉클했고 그때의 내 마음은 집이 아닌 창고에 살았다. 내가 겪은 게 흔한 불행이면 안 되듯, 아이들이 이 범죄를 피한 게 행운이면 안 된다. 성장 중인 어린이가 보호를 받는 동시에 개별 주체로서 존엄을 지켜가는 일은 사회의 의무여야 한다. 그러니 아이가 친척집, 문방구, 교회에 가기 싫어한다면 진지하게 대화를 시작해야 한다. 아이에게 안정과 안전 모두를 충분히 제공한 상태에서 유의미한 정보를 접한다면 그와 아이를 철저히 격리시키고, 빠르고 엄정한 후속조치에 들어가야 한다. 신호를 무시하지 않아야 한다. 무엇보다 예방에 최선을 기해야 한다. 지나친 인권, 과도한 윤리, 유난한 정의는 없다. 성인 여성이 아동을 따라하고,

아동이 성인 여성 시늉을 내는 이곳에서 민감해지기를 단념하면 비참한 사고가 발생한다. 나이가 한 자리인 아이에게 상대와 합의가 된 게 아니냐는 소리가 튀어나온다.

　뉴스, 판례, 사건 후속 보도를 접하다 보면 한국이 죽도록 머물기 싫었던 명절의 친척집처럼 느껴진다. "더도 덜도 말고 한가위만 같아라"라는 덕담이 못돼 처먹은 저주처럼 들리기도 한다. 내 일이 아니라고 여기는 불행은 우리 자리를 향해 밀도 있게 쌓인다. 그래왔기에 놀라지 않는 사고, 그럼에도 놀라는 사고가 뒤섞일 때 나는 자꾸 헷갈린다. 누군가는 계속 놀라야 한다고 말해서, 누군가는 매번 놀라는 건 미성숙하다고 말해서. '인간이란 그럴 수 있다'는 판단은 얼마나 관대하고 여유로운지. '인간인 이상 그럴 수 없다'는 판단은 얼마나 강인하고 소모적인지.

　모았던 약들을 어디에 버렸는지 가물가물하다. 그 겨울로부터 기나긴 날이 흘렀다. 이 글을 읽고 혹시 내게 직접 사과하고 싶어 하는 이들이 있을까. 그렇다면 단호히 거절한다고 밝히고 싶다. 나는 당신들을 대면하고 싶지 않다. 결코 만날 일 없는 세상에서 내 속도로 내 삶을 주행하길 원한다. 비판하고 싶은 건 개개인이 아니며 더더군다나 악마화한 개개인도 아니다. 문제는 그때도 지금도 그들이 그런 짓을 할 수 있게끔 방조하는 사회 토대이고 오랫동안 환기를 못 해 탁해진 여기 공기다. 그러니 죄 없는 아이가 몹쓸 짓을 당했다는 말은 틀렸다. 효녀, 모범생, 무고한 시민이 안타깝게 범죄의 희생양이 되었다는 소리도 마찬가지다. 못된 딸도, 죄가 있는 아이도, 되먹지 못한 민간인도 그 따위 범죄에 노출되면 안 된다. 도처에 비를 막을 넓고 튼튼한 장소가 있어야 한다. 모두에게는 우산과 우산을 내줄 사람이 있어야 한다.

환상 속의
그대

거대한 망령이 남한을 배회하고 있다. 결코 보고 싶지 않은 남성들이 미디어에 꾸준히 얼굴을 들이민다. 비전문가가 전문가 자리에 앉아 마이크를 단다. 차별주의자가 사회의 공익을 논한다. 공감력 없는 나르시시스트가 로코물 주연을 맡는다. 혐오가 자유라고 우기는 래퍼들이 저작권료를 받는다. 지금보다 더 벌고 더 쓰고 더 편하고 싶다고 우는 소리가 전파를 탄다.

–아아악, 내 눈. 내 귀.

항마력이 날로 높아져 퇴마술사가 될 것 같다. 강해진 비위로 청어파이를 삼킬 수도 있을 것 같다.

비윤리적인 말이지만 이들을 보며 가장 먼저 드는 거부감은 인상에서 풍기는 무신경함과 자부심이다. 불특정 다수에게 자신이 어떻게 보일지 조금도 주의하지 않는 상태란 늘 경이롭다. 0.29퍼센트 정도 객관화를 하는 출연자는 그런 지적활동을 할 수 있는 자신에 취해 있다. 화면 자막, 언론 기사, 반복되는 캐스팅을 보면 남자들은 남자들이 애틋해 견딜 수 없나 보다. 메이저 대중 매체들은 꼭 잡은 손을 놓지 않는 이들의 강강술래를 연일 내보낸다. 하나도 신명나지 않다. 쥐불놀이나 외줄타기 같은 진짜 전통놀이 구경이 더 흥겨울 것 같다. 피해도 피해도 나타나는 이들을 보며 이 어드'맨'티지에 절대 친숙해지지 않겠다고 각오한다. 계속 보면 정이 들겠지, 이렇게 웃긴데 배꼽 잡겠지, 작품으로 보답하면 '례술성'을 인정해주겠지. 아니다. 전혀 아니다. 응당한 벌을 받아라. 행보를 응원하는 여성 옆에 슬며시 붙어 나오지 말란 말이다.

예능, 영화, 뉴스에서 눈을 돌려 밖으로 나서볼까. 선녀와 나무꾼 아닐까 싶은 커플이 몇 팀이나 지나간다. 나무꾼이 선녀의 옷차림, 말투, 자세를 지적한다(언니, 빨리 도망쳐요!). 아름답고 상냥하며 세심한 남성들이 대륙사슴처럼 눈에 띄지 않는 세상에서 이성애자 여성들의 성적취향이 하향 평준화되고 있는 건 아닌지 생각한다. 미감과 성욕이 시들시들 말라비틀어지는 건 아닌지 의심한다. 방에서 나온 B가 조심스럽게 말한다.

- 라디오에 내 얘기가 나온 것 같아. 어떤 강습생이 보낸 사연인데 장소도 똑같고 이 시간에 수영하는 남자들 중에서…… 아니다.

- 같은 반 다니는 분이 사연 보낸 거야? 오오. 근데 남자들 중에서 뭐?

- 그게. 가슴에 털 있는 건 나밖에 없거든. 사연 보낸 분 소원이 한 번만 그 회원 가슴 털을 잡아 뜯고 싶다는 거야. 불새 같다고.

- 아아. 뭔 소리야. 난 싫은데 대체 왜. 그리고 불새 말할 때 왜 살짝 웃는데?

섹슈얼리티의 스펙트럼은 원대하다. 감각은 생식기에 정착하지 않고 어디로든 이동할 수 있다. 대뇌 안에서 제각각 펼쳐지는 성적 환상이란 끝이 없고 이 지도는 계속 변모하니 스스로도 현재 지점을 파악하기 어렵다. 실행하지 않은 욕망에 죄를 물을 수도 없다. 그런데 B의 가슴 털을 움켜쥐고 싶었다는 그분이 결국 유럽으로 떠날 것 같다는 생각이 드는 건 왜일까.

드라마 〈봄밤〉을 보다가 혼자 설정을 바꿔본다. 서정연 배우가 정해인 배우 또는 한지민 배우와 커플이 되는 줄거리로 말이다. 이혼한 여성의 일과 연애 이야기를 더 많은 시청자들이 접할 순 없나. 좀 무해하고 성숙한 남성이 연상 여성을 사랑하면

밥이 없나. 눈앞의 현실은 컴컴하다. 로맨틱하지 않은 완력 내세우기, 다 된 밥에 해결사로 나타나기, 되도 않는 말재간으로 센스 과시하기, 키다리 아저씨 흉내 내기. 이런 기만만 피해도 다행이다. 없는 걸 있다고 우기는 건 알량한데. 후진 걸 멋있다고 부추기는 건 무안한데. 하나를 얻자고 아홉 개를 참는 여성들에게 더 정교하고 성의 있는 환상이 주어질 순 없나.

나는 대체 어떤 이들에게 눈을 못 뗐을까. 누굴 보면 식은땀이 났나. 지금과 달리 내가 반했던 이들은 앞가림을 못하는 제코가 석자 타입이었다. 엄청나게 수상하고 위태로운 이들에게 끌린다는 건 가시밭길을 걷는 순례자의 행보와 다름없었다. 나는 아무도 존경하지 않고, 어떤 화해도 하지 않고, 매사에 비판적인 아나키스트 겸 다다이스트들이 좋았다. 트라우마와 콤플렉스로 금간 자아를 자력으로 붙이긴 했는데, 자세히 보면 봉합면이 이상하게 접착된 이들이 눈에 밟혔다. 그들과 머리를 숨기고 세상을 욕하면 손발이 따뜻해졌다. 비실비실대는 꿩이 돼도 기뻤다. 첫인상이란 얼마든지 변하고 누구든 오래 보면 특유의 미적 질서를 발견할 수 있지만 나는 초면부터 불온한 분위기가 새 나오는 사람에게 부정할 수 없이 이끌리곤 했다. 구깃구깃 다정한 낯, 날카롭고 웃긴 말, 고단하고 꽁한 구석. 인생이 피로

해진 건 그 구간에 자리를 펼치고 드러누웠을 때였을까. 스스로도 보호하지 못했던 내가 무슨 배포로 그들의 보호자 노릇을 하려고 들었을까. 어쩌자고 그런 환상을 품었지. 탁해진 시야로 뭘 할 수 있었나. 나와 상대의 눈을 찔렀을 뿐이다.

　30대의 특혜란 게 있다면 뭔가를 진지하게 아낄 줄 알고, 거기에 성의와 정성을 놓지 않는 사람이 예전보다 더 빛나 보인다는 것이다. 이런 발견은 실제 시력과 관계없다. 미래와 야망이 흐릿하고 어디서나 색깔 없이 섞이기 일쑤여도 괜찮다. 심신을 정직하게 꾸리는 사람이라면, 가슴팍에 원석이 박힌 사람이라면 빛은 어떻게든 새 나오고 그건 해가 갈수록 잘 감지되기 때문이다.

코끼리 속의
사람

내는 이력서마다 광탈이 되던 시기였다. 일하던 아귀찜 집에서 근무 시간을 12시간으로 늘릴 수 없냐고 물었고 어렵다는 답을 하자 일터가 사라지고 말았다. 와, 내일부터 어떻게 벌지? 초등학교 입학 전의 페인트칠(엄마와 아빠가 허락한 첫 노동으로 쇠문에 붓질을 하면 되는데 경제적으로 거의 무의미한 장난에 가까웠을 것이다), 중학교 때 자동차 로고 작업(차량에 부착하는 소형 판자 뒷면에 스티커를 붙이는 일로 플라스틱독이 오른다), 고교 시절 커피자판기 관리(알다시피 황금비율이 생명)로 근근이 가늘게 살아가는 법을 깨우친 후로 쉬지 않던 일이 이렇게 명맥 없이 끊기나. 나는 얼음물을 들이키고 구인광고를 뒤졌다. 당장 시작할 수 있는 건 호객 일이었다. 정확히는 코끼리 탈과 털옷으로 전신을 가린 뒤, 샌드위치

판넬을 메고 전단지를 돌리는 업무였다. 기록적인 폭염 속에서 말이다. 혹시 이 일에 관심이 있을지도 모를 독자를 위해 몇 개의 팁을 남긴다. 내게는 그 여름, 짐승의 시간을 망각하지 않기 위해서라도.

1. 아이들이라고 해서 모두 인형을 좋아하는 건 아니다.

열에 셋은 크고 움직이기까지 하는 동물인형에 강한 공포를 느낀다. 열에 다섯은 무심하다. 그들은 또렷이 알고 있다. 가짜 인형 속에 사람이 들어가 강도 높은 노동을 하고 있단 사실을. 산타에게 소원 대신 비타500을 내밀 것 같은 아이들을 대하면서 중학교 1학년 때 꿈이 공인회계사라던 학우가 떠올랐다. 공인도 회계사도 처음 듣는 단어였다. 알루미늄 같은 어감이었다. 찬 금속 눈빛을 지닌 아이들이 내내 신경 쓰였다. 더위 탓이었지? 그렇지? (인생무상 눈길을 보내지 말아줘. 벌써 해탈하면 어떡해.)

2. 그럼에도 불구하고 열에 둘, 열광하는 아이들이 있다.

탈을 벗으면 순식간에 인생극장 BGM이 깔리지만 탈을 쓰면 놀랍게도 팬이 생긴다. 깨끗하고 생기 있는 눈을 바라볼 때면 나는 프로 동물 연기자가 된다. 정신을 차려보면 땡볕 밑에서 각기 춤을 추고 있다. 다시 정신을 차려보면 탈을 벗겨내려는 놈들에게 둘러싸여 있다.

3. 때리는 사람들의 동기와 기분을 이해하기 싫다.

툭툭, 머리를 치면 탈 속 스티로폼 재질을 통해 증폭된 파열음이 전달된다. 길바닥에 솟은 돌, 주차 방지 턱, 오토바이, 마을버스, 승합차를 피해 걷다가 누군가 세게 때릴 때면 몸은 석고 틀이 된다. 때릴까, 말까, 아아 때리고 싶어. 뒤통수에 꽂히는 소리도 좌심방에 큰 설렘을 준다. 그럴 땐 미리 뒤돌아 인사를 한다.

4. 찍는 사람의 동기와 기분 역시 이해하기 싫다.

각자의 구역을 돌던 나와 동료가 사거리 중간에서 한 번 만날 때가 있다. 그럴 땐 둘이 골목 구석으로 숨어 탈을 벗고 얼굴을 말린다. 잠깐의 휴식이다. 그런데 이때 플래시를 터뜨리는 이들이 있다. 대체로 카메라를 든 백인 남성 관광객이다. 인상을 구기며 손으로 엑스 자를 만들면 그게 더 다큐스럽다고 판단한 건지 연사를 한다. 아, 저 자식이 진짜. 그들은 탈을 다시 쓰고 일어나 저지를 하러 가야 느릿느릿 뒷걸음질 친다. 당신은 지금 시선권력을 누리는 동시에 몹시 폭력적인 방식으로 기록물을 남긴다, 라는 말은 영어로 나오지 않아 노노, 스톱, 이라고만 말한다.

5. 성별이 왜 그렇게 궁금한지 묻고 싶다.

첫 근무일, 사무실로 돌아와 탈을 벗자마자 가슴 방어 판을 만들었다. 참기름에 버무려진 낙지처럼 힘이 없었지만 반드시 제작해야 했다. 아무래도 여자 같다며 상체로 손을 뻗는 무리가 있었기 때문이다. 7월 오후 2시의 햇빛보다 비현실적인 상황이라 손목만 비틀고 신고는 못했다. 두꺼운 스티로폼 판을 앞뒤로 쓰고 털옷을 입은 뒤 다시 샌드위치 판넬을 메니 내 몸은 불가마 자수정방. 야, 이놈들아. 너희 때문에 이게 다 무슨 짓거리냐.

6. 작은 친절과 배려 그리고 기본적인 예절에 격렬하게 감동한다.

거리를 7시간 돌면 가게 주인들이 나와 항의한다. 다른 곳으로 가라고. 용역은 노점을 쫓고 노점은 나를 쫓고. 폭서와 냉대에 진흙 같은 기분이 되었을 때 한 노년 여성이 아기 참외와 손수건을 건넸다. 더운데 땀을 닦고 먹으라는 말을 듣는 순간 시공간이 부드러워졌다. 차마 먹지 못한 참외에 곰팡이가 피어나도 책상에서 치울 수가 없었다.

7. 땡볕에 탈수되다 보면 의외로 희열감이 있다.

각오를 몇 번이나 하고 나가기 때문에 웬만한 더위는 버텨낸다. 쉬는 시간, 옥상 나무 바닥에 누워 있으면 하트 무늬 땀자국이 생긴다. 유산소 운동까지 병행했다면 체중이 몹시 줄었을 테지만 그저 행진을 한 것뿐이니 수분만 대량방출. 식사 세 끼를 흡입하면 금방 제자리다. 동료는 점심을 먹고 누워 태우는 담배가 꿀담배라고 했다. 당도가 정말 높아 보였다. 불면 따위는 근무 기간 동안 얼씬거리지도 못했다. 밤을 새고 나가는 날엔 눈 안의 붉은 점막이 크게 부풀었다. 이땐 몸에게 정말 미안했다.

8. 일하는 시간만은 인간관계가 원활하다.

낯선 사람들 앞이라 편했는지 모른다. 그간 숨겨왔던 깨방정과 잔망력을 폭발시키다 보니 매력을 알아주는 이들이 나타났다. 태어나 사람들의 손을 그렇게 많이 잡아본 적도, 그렇게 많은 눈을 바라본 적도 없었다. 혼자 태어나 혼자 살아가는 듯한 표정의 행인도 손을 흔들면 빙그레 웃어주었다. 미소는 물수제비 둘레처럼 천천히 번져나가는구나. 거리에서 퍼지는 잔잔한 파동에 매번 놀랐다.

동료와 시급투쟁을 벌여(라고 쓰지만 실은 정성스럽게 쓴 편지 제출) 임금을 높였던 날, 비가 와서 종일 팜플렛을 접었던 하루, 흡연을 위해 공원과 옥상과 골목을 정찰한 시간, 근무 중 소주를 부를 뻔한 부대찌개, 직원이 사준 시급보다 비싼 팥빙수, 탈 속에서 미소 때문에 당겨 올라가던 나의 입가. 떠올릴수록 흥과 망이 함께 들이친다. 부끄러움도 따라온다. 그때부터 거리의 공연 노동자들이 눈에 자세히 들어왔기 때문이다. 나는 이 일을 하고 나서야 인형 탈을 쓴 사람에게 이온음료를 내밀 수 있었다.

– 아니에요. 허리 숙이지 마세요(90도로 인사하실 때마다 송구했다).

급히 다른 골목으로 들어가면 전봇대 끝, 전선 가락처럼 복잡한 질문이 시작된다. 곧 사라질, 그리고 사라져야 할 폭염의 노동이 이뿐인지. 아래로, 아래로 흐르는 격무를 우리 중 누가 맡고 있는지. 그리고 고용시장에 아예 진출하지 못한 여성들은 지금 어디서 어떤 시간을 보내는지.

– 우리 집 아저씨가 아파서.

생계일과 더불어 가사와 돌봄 노동을 병행하는 여성들은 무수하다. 함께 일했지만, 지금은 얼굴도 이름도 기억나지 않는 그들은 여전히 세상의 심증과 환각에 신경을 끈 채 몸을 혹사시키고 있을 것이다. 화장실과 휴게실이 제대로 설치되지 않은 수

많은 건물 속에서 말이다. 제조, 중화학, 건설업. 나 같은 찌랭이 근로자는 엄두도 못 낼 업종에 종사하는 여성들도 많다. 나는 일하지 않는 여성보다 일하는 여성들을 압도적으로 많이 봐왔고, 그렇기에 '가장'이란 말에 관심 없는 실제 가장들이 대부분 누구인지 알고 있다.

근무 초반
하이텐션 + 댄스 시동

한국인의 _ 흔한 _ 퇴근길.JPg

네 덕분에
인파 속에서
팝핀도 춰봤어

소외 감각

하숙을 할 때, 집에 들르면 동생들이 귀기 어린 눈으로 장난을 걸어오곤 했다. 먹잇감을 탐색하는 하이에나 떼처럼 (실제로 하이에나는 온순하다지만) 내 주변을 돌며 오호, 호오 소리를 내는 둘. 셋째가 머리를 쓰다듬는 척하면서 산도깨비방향제 냄새가 나는 왁스를 뒤통수에 한 움큼 묻힌다. 세 자매의 전투가 시작되면 언니가 돼가지고 뭔 짓거리냐는 엄마의 타박이 들리지 않는다. 함께 튀밥이 된 듯 까분다. 늦잠에서 깬 이튿날, 밥을 차려 먹는데 셋째 동생이 꾸역꾸역 동물 다큐를 지켜본다(평소에 즐겨 보지 않는다는 걸 안다).

– 뱀의 부화 과정을 지금 꼭 봐야 되냐? 반찬 오징어 젓갈인데?

– 누가 지금 먹으래?

방으로 들어가 누우면 등 한복판이 천천히 젖어온다. 둘째 동생이 창문 밖 장독대 틈에서 물총을 쏘고 있다. 가지가지 들이미는 정성도 갸륵하지. 하지만 이건 내가 먼저 치던 장난이었으니 용서하기로 한다. 분무기로 딱 한 번만 복수하고(끝내려 했지만 싸움은 이어진다).

– 나도 미안. 근데 네가 먼저 시비 걸었던 건 알지?

– 진짜 풀고 싶었던 거 맞아? 너 나 쳐다볼 때 흰자밖에 안 보였거든.

자매들의 환대는 단란하고 애틋하지만 이 풍경이 어색할 때도 있다. 그럴 때면 빨리 내 쪽방으로 돌아가고 싶었다. 못나게도 겉도는 내가 진짜 나 같다고 느껴왔다.

여성들 틈에서 편하게 대화를 나누다가 조용히 놀라는 순간이 있다. 내가 여기 끼어 있을 수 있구나, 경이감에 사로잡힌다. 내 목소리가 이들에게 들린다. 게다가 내 의견에 다감하고 풍성한 답변을 이어 붙인다. 믿을 수 없다.

왕따를 겪은 건 초등학교 4학년 때였는데 주동자는 당시의 절친이었다. 쉬는 시간에 친구들이 그를 간지럽히기에 나도 껴서 손을 뻗었는데 종이 울릴 무렵 절친의 표정이 시멘트 반죽처럼 굳어지고 있었다.

─ 이제부터 아무도 재랑 말하지 마.

마지막까지 그 애 앞에서 웃고 있었다는 이유로 시작된 배제
는 1년 가까이 진행되었다. 멕시코 드라마 〈천사들의 합창〉에서
마리아가 받았던 침묵의 벌이 내게도 내려진 것이다. 옆자리 친
구에게 말을 걸면 내 뒤편 허공을 보고 미소 짓는다. 프린트물
을 뒤로 건넬 때 나를 건너뛰고 전달한다. 짝이 필요한 수업에
서는 1인 2역을 맡아야 한다. 어제까지 고무줄놀이를 같이 한
친구들의 모습은 변함이 없다. 그들의 일과에서 내 이미지가 블
러 처리되고 목소리가 뮤트된 것뿐이었다. 지금처럼 표독스러
운 위협을 가하거나, 상해를 입히는 게 아닌데도 투명 인간 취
급이란 낯설었다. 성인들에게 빨리 구조 요청을 하지 뭐하고 있
었냐는 질문이 허망한 건 그 상황이 암막 그 자체이기 때문이
다. 어른들은 잠시 스쳐지나가는 행인이지, 이 단일하고 강렬한
공간에 함께 머무는 자들은 아니었다. 내가 살아가는 세계는 친
구들과 동일한 곳이므로 사건 이후 내 영역이 닫히고 만 것이
다. 그때 내 신체는 두리번거리는 하나의 안구 기관이었던 것처
럼 여겨진다. 커다란 풍선 같은 눈이 친구들 사이를 부단히, 조
급히 헤맨다. 소리 없이 터질 듯한 시신경이 어느새 졸아들어
바닥으로 가라앉는다.

집으로 돌아와 누워도 쉴 수 없었다. 이명과 가위 눌림이 시작되기 때문이다. 꿈에서도 아이들의 비웃음 소리가 들린다. 이 기간에 생긴 경미한 틱 증상은 지금도 흔적으로 남아 있다. 조금만 긴장해도 눈썹, 입매, 고개가 내 의지와 다르게 툭툭 비틀린다. 긴장이 길어지면 일종의 과호흡 상태가 오는데, 숨을 오래 쉬지 않고 있으면서도 태연한 자세로 스트레스를 견디는 것이다. 소외는 안면 근육을 뒤틀고 심폐 기능을 교란한다. 해야만 했던 말과 행동을 유예시킨다. 심신을 광활한 통제에 익숙해지도록 만든다. 상당수의 여성이 자신을 검열하고 타인을 의식하느라 위축되며 자라는 환경을 고려하면 나는 다소 일찍 그 테두리에 갇힌 셈이다. 〈우리들〉, 〈전학생〉, 〈인형의 집으로 오세요〉 같은 영화는 그래서 내게 성장 호러물로 읽히기도 한다. 일부 인물에게서 내 유년 전체를 발견하기 때문이다.

성년이 되면 무수히 겪을 수 있는 나쁜 일 (좋은 경험이란 말 같은 건 하고 싶지 않다) 중 하나엔 임금 체불이 있다. 나는 떼인 돈을 받기 위해 노동청, 법률구조공단, 법원을 돈 적이 있고 이때 몸의 긴장은 다시 급가속되고 있었다.

—그냥 포기하지. 그렇게까지 해야 돼? 내가 존경하는 분인데.

동료에게 오금이 꺾이는 말을 들으면서도 서류를 제출한 나

는 다음 번 회사의 체불 건에도 물러설 생각이 없었다.

　―여기 사장 정말 악질이네. 지점은 늘려가고 돈 안 준 사람들은 많아요. 신고 건수가, 와.

　노동청 직원의 말을 듣고 나니 더 오기가 났다. 그런 짓을 반복하지 못하도록 싸움을 걸어야 했다. 그런데 몸이 어지러웠다. 사무실에 들어서서 차압스티커를 붙이던 집행원들이 직원들에게 이 사람, 그러니까 나를 알지 않냐고 묻는 순간이었다.

　―아니요. 처음 보는 사람인데요.

　같이 라디오를 들으며 야근을 하던, 도시락을 나눠 먹던 동료들이 난처한 듯 고개를 저었다.

　─이게 무슨 행패야? 당신 업무 방해죄로 고소할 거야.

　만난 게 인연이란 소릴 하던 대표는 그 와중에 내게 고함을 질렀다. 이 엉터리 같은 상황 속에서 가장 따가웠던 건 나를 모른 척하던 동료의 표정이었다. 그렇게 굴지 않으면 그도 내 꼴이 될 테니 두려웠겠지, 입을 다물고 돈을 벌어야 할 사정이 있겠지. 그래도 그가 그러지 않았으면 더 좋았을 것이라 생각했다. 1년 만에 밀린 월급을 받고 나서도 황량한 그 눈동자가 이따금 떠올랐다.

　왕따, 체불, 절교, 일터에서 떠돌기, 사내 정치에서 도태되기. 그러니까 있지만 없는 낮달 같은 사람이 되어갈 때, 고요하고 팽팽한 적대감에 휩싸일 때, 이리저리 눈치를 보던 내 몸은 수족관 바닥으로 내려앉는다.

　─친구 물건을 훔치면 안 되지? 모두 눈 감고 잘못한 사람은 손 들어. 선생님 혼자만 알고 있을 거니까 솔직하게.

　아무것도 훔치지 않았는데 주술에라도 쓴 듯 손이 들려 올라갈 것 같은 심정이 든다. 그러나 성숙하고 상냥한 이들은 다시 나타나고 그 곁에서 신체는 천천히 회복한다. 좁고 더러운 도랑 옆에서 기꺼이 손을 내밀고 말을 붙여준 다른 여성들을 나는 또 만나왔다.

　－너 전화번호가 없어서 애먹었어. 오랜만에 한국 들어왔는데 만날 수 있어? 같이 저녁 먹자.

　4학년, 한때 절친이었던 그 아이가 보낸 문자를 멍하니 읽다가 답을 적는다.

　－이제 널 원망하진 않아. 하지만 아무 일도 없었다는 듯 만나러 가진 못하겠다. 그러면 그때 나한테 너무 미안해서.

　전송하기 전 메모지에 손으로 쓰고 다듬은 말이었다.

　－난 우리가 예전에 친했던 시절만 떠올렸어. 너한테 상처를 입혔다면 사과할게. 만나서 줄 선물도 있는데 나와주지 않을래?

　－아니. 안 나가. 앞으로 연락 나눌 일은 없을 텐데 건강히 지내.

　－미안해. 진심으로 미안해. 그런데 나는⋯⋯.

　핸드폰을 테이블에 올려두고 산책을 나선다. 운동화를 신으며 이렇게 되뇐다. 햇빛 속에서 허리와 등을 곧게 세우자고, 주름진 목을 돌리며 지금 풍경을 눈에 담자고. 그 힘으로 소중한 것을 더 소중히 대하고, 아끼는 것을 더 아끼자고.

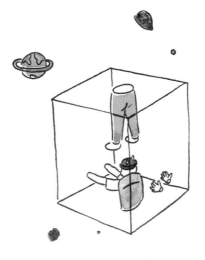

부유를 멈추고 벽을 뚫어 나가야지

나를 연결시킬 수 있게

숨 쉴 수 있게

3부

너무 쉽게
닫히는 몸

　공원은 생각보다 드넓었다. 뱅뱅 돌아도 자리를 찾을 수 없었다. 관리 사무소에 찾아가 번호를 확인하고 약도를 받았다. 노년의 직원이 친구 이름을 부르면 일어나 손을 흔들 거라며 껄껄 웃었다. 동행들과 나는 그의 말에 어정쩡한 미소를 지었다. 메모지를 들고도 한참을 헤맸다. 누런 산은 미궁 같았다. 결국 이곳을 다녀간 후배에게 전화를 걸어 위치를 물었다. 목전이었다. 정자 곁, 양지 바른 두 번째 언덕 중앙에 그가 있었다. 꽃다발이 수두룩하게 놓인 대리석 위에는 누가 남긴 엽서도 있었다. 코앞의 그를 두고 애먼 자리만 돌아다니고 말았다. '너도 참. 끝까지 이럴래?' 따지고 싶었지만 답할 사람은 없다. 재회했지만 아무 장난도 칠 수 없다.

세상에서 제일 좋아했던 남자아이가 거기 단정하게 누워 있었다. 10대 말부터 20대 초까지 사귄, 처음이라 어쩔 줄 모르던, 흠집 많은 관계였다.

미세먼지가 걷힌 맑고 시린 봄. 우리는 묘지 앞에 돗자리를 깔고 앉았다. 친구들이 과일, 꽃, 술을 꺼냈다. 나는 그가 피웠던 담배를 곁에 두었다. 바람에서 새 학기 교정 냄새가 났다. 우리는 십수 년 전 이야기를, 그와 얽힌 웃긴 일화들을 늘어놓았다. 사려 깊은 친구들은 함께 통과해온 전근대 시기 중에서 가장 풋풋하고 가벼운 기억을 골라냈다. 스무 살 언저리의 그가 어른거렸다. 언제나 구부정했던 자세, 마르고 긴 팔 다리로 휘적휘적 걷던 모습, 유치하게 깐족거리던 표정, 치기 어린 민폐들. 한여름 같던 아이였다. 비석 앞의 우리는 진지한 말을 피하기 위해 쉴 없이 만담을 주고받았다. 나는 얼결에 웃으면서 무덤을 바라보았다. 소풍을 나온 친구들 사이에 그도 함께인 것 같았다. 햇볕이 따갑다며, 어제 밤을 샜다며, 잠시 팔뚝으로 눈가를 가리고 누워 있는 듯했다.

— 아, 그게 뭐예요. 내가 언제 그랬어.

선배의 말에 분연히 일어나 면박을 줄 것도 같았다.

— 야, 뭐야? 왜 같이 웃어? 넌 감싸줘야지.

마른 풀을 쥐어뜯은 그가 눈을 흘기며 징징댈 것도 같았다. 등 뒤로 몰래 걸어와, 옷 속에 이삭을 넣고 폭소를 터트릴 것도 같았다.

누군가 그가 좋아하던 시를 읽으면서 우리의 말은 줄어들었다. 기원이나 명복 같은 건 빌기 싫었다. 이곳을 떠난 걸 인정하기 어려웠다. 언젠가 함께 출연한 단편 영화에서 죽은 연인 역을 맡은 건 그가 아닌 나였다. 가까스로 혼자가 된 귀갓길, 이어폰으로 그와 들었던 밴드의 음악을 들었다.

– 왜 벌써 가?

해 질 녘 무덤가에 그를 남겨두고 온 심정이 드는 바람에 두 손으로 계속 얼굴을 가려야 했다. 고속버스 맨 뒷자리에서 뒤늦게 염원했다. 네가 이제 편히 지내면 좋겠다고.

처음 후배에게 비보를 듣던 날은 별 감각이 없었다. 헤어진 후 가볍게 안부를 묻는 일도, 짧은 통화도, 어떤 기별도 없이 10여 년이 흘러버렸기 때문이다. 한때 가장 가까이에서 거의 모든 감정을 공유하며 지냈던 존재가 멀어지는 건 허망하지만 드문 일은 아니다. 하지만 이런 식으로 만나게 될 줄은, 이렇게까지 삭막한 소식으로 그를 접하게 될 줄은 몰랐다. 어딘가에서 잘 지낼 거란 예감과 이제 그가 세상에 없다는 사실 사이에는 크나큰 차이가 있었다. 지금껏 만나지 않았으므로 계속 만나지 않았을 텐데도. 보지 않는 것과 보지 못하는 것은 동일한 관계 같은데도.

전화를 끊고 이튿날부터 손발이 무거워지기 시작했다. 잠에서 깬 후부터야 실감이 들었다. 녹슨 철문을 닫고 나온 지 오래인데, 갑자기 문이 열리고 덩굴로 뒤덮인 폐가가 시야에 들어온 기분이었다. 우리가 꾸리고 매만졌던 뜰이 새카맣게 방치된 채, 지도에도 없는 위치에 버려져 있었다. 혼자 있으면 몸이 가라앉고 손발이 차가워져서 동네를 오래 거닐었다. 별 소용이 없었다. 강물이 잘게 반짝이고, 새끼 오리들이 물살에 떠밀리고, 봄꽃들이 가게 앞에 진을 치고 있어서, 눈앞 모든 존재가 극심하게 살아 있어서, 하필 경칩이어서 밖에서도 눈물이 났다.

쉽게 죽지 않는다고, 목숨이란 여간 끈질긴 게 아니라고들 한다. 그러나 본래 또 여전히, 인간의 의지와 육체는 믿기 어려울 만큼 약하디 약하다.

요로결석으로 입원한 엄마 때문에 한동안 병원에 머물렀을 때, 주스 팩을 버리러 복도로 나간 순간을 기억한다. 옆 병실에서 통곡이 들렸다. 사과 그림이 그려진 주스 팩이 쓰레기통에 떨어지던 그 몇 초 만에 누군가의 숨이 끊겼다. 딸로 보이는 여자가 팔을 버둥댔다. 어이없는 죽음을 절대 믿을 수 없다는 몸짓이었다. 한쪽 발목이 덫에 걸린 곰처럼 사지를 뒤틀며 세차게 고개를 흔들었다.

　나는 그와 멀어진 후 켜켜이 두터워진 시간을 에어백으로 삼을 수 있었지만, 그가 세상을 떠나기 직전 그의 곁에서 그를 자주 봤던 이들의 슬픔은 상상하기 쓰라리다. 어제까지 들리던 목소리가, 방금까지 닿았던 몸이 지워진다는 건 어떤 형식이든 지나치게 엄혹하다. 넓고 허약한 등판, 몸에 비해 작고 동그란 귀, 엄지 거의 끝에 붙은 손톱, 받침이 큰 필체. 깎여나가는 모래톱처럼 그에 관한 기억은 많이 소실되었다. 사소한 구체만 떠올랐다.

　한 사람과 두 번째 작별을 맞는 동안 안부 전화를 걸어온 사람들의 태도는 두 갈래로 나뉘었다. 그가 떠난 걸 깊이 애도하는 이들, 그가 아직 살아 있다는 듯 생생히 그를 재생시키는 이들. 말하자면 그가 없는 사람임을 인지하는 것과 있던 사람임을 강조하는 것. 30대의 죽음, 아직 하지 않은 게 무수한, 젊은 인간의 부재는 누구에게나 다난하므로 두 입장 역시 혼란스러웠다. 그리고 곧 그 두 방향 모두 위로로 다가왔다.

　어리고 어렸던 우리가 서로에게 남긴 말, 이미지, 흔적들은 이제 나 혼자 갖게 되었다. 너무 이르게 정돈할 수 없을 것이다.

그는 그녀에 맞추어 몸을 가누었다.
고개를 그녀의 얼굴 쪽으로 기울였고,
햇볕으로부터 그녀의 얼굴을 가려 주려고
둘 사이에 손 차양을 만들었다.
부질 없는 몸짓이었다.
오직 정적뿐, 햇볕이
그녀의 머리카락에
내려 앉았다.

— 톰 프랭클린, 《미시시피 미시시피》중

그의 파편을 섣불리 미화하지도, 비극으로 조립하지도 않을 것이다. 달라지지 않은 사실은 그대로 둘 것이다. 지나가게 하되 남는 것은 그대로 가라앉히고 계속 사고할 것이다.

배수로 앞의
여자

　개천 길을 걷는 중이었다. 바람이 보드라웠다. 저녁으로 마파두부를 해먹을지, 고등어 무 조림을 해먹을지 고심하고 있었다. 그런데 굽이치는 도랑 너머 누군가의 울음소리가 들렸다. 다리 맞은편, 배수로 앞에 무릎을 꿇은 여자가 있었다. 노년의 여성은 울음을 토하는 동시에 삼키고도 있었는데 말줄임표가 엉키고 뭉친 오열은 장례식에서 듣던 언어 이전의 소리들과 비슷했다. 그건 엄청나게 소중한 걸 상실한 생물의 포효 같았다.

　걸음을 멈추고 개천 저편을 가만히 바라봤다. 청보리와 수선화가 바람에 흔들린다. 해가 지고 개구리들이 운다. 동그란 등판을 덮은 여자의 흰옷에는 작은 꽃무늬들이 새겨져 있다. 깊고 낮은 흐느낌 때문에 그가 웅덩이에 앉아 있는 것 같다. 그쪽을 보며 무슨 일인지 궁금해하는 게 점점 잘못으로 여겨진다.

걸음을 떼며 앞만 본다. 물소리에 섞인 울음소리가 멀어진다. 하수가 폭포처럼 떨어지는 자리는 여자에게 통곡의 벽이 된 듯했다. 배수로 앞은 인간에게 받지 못한 안식과 인간이 내주지 않는 품 대신일까. 아니, 그렇게 인간 본위로 한정할 수 없다. 배수로는 적극적으로 다정하다. 같이 울어주는 물, 쏟아지는 침묵, 검고 안전한 위로. 지금 여자 앞의 수로는 마리아 동상과 다를 바 없다. 여자는 마음껏 울기 위해 이곳에 온 동시에 울음이 새나가지 않고 밀봉되는 장소를 택했다. 타인으로부터 아무 방해도 없고, 타인에게 어떤 피해도 없을 자리에서 자신을 개방하고 은폐한다.

남성적 자아의 '나'는 '나'를 가리키곤 한다. 1:1로 성립하는 정확한 관계다. 그런데 여성적 자아의 '나'는 '나'만을 가리키지 않는다. 여성은 언제나 여성들을 데리고 있다. 한 여성에게는 어제, 오늘, 내일의 여성들이 함께 있다. 예전엔 이 포괄성이 꺼려졌다. 늘 무언가를 이끌고 다니느라 사지가 늘어지는 것 같았다. 여성의 실수는 공감성 수치를 불러일으켰고, 여성을 비판하면 필요 이상의 죄책감이 몰아쳤다. 홀로 있어도 단독자로 존재할 수 없다는 사실이 갑갑했다. 그러나 30대의 복판에서 발견하는 이 연결선은 다른 가능성을 열어준다. 자아를 무한히 변형할 수 있고, 타자와 공존할 의지가 더 또렷하다는 점이 여성성의 일부라면 나는 이걸 계속 지니고 싶다. 윤회를 믿을 근거는 없지만 만약 다음 생애가 이어진다면 다음에도 그다음에도 계속 여성의 눈으로 살아가고 싶다고 생각한다. 모든 것을 관대히 수렴하고 포용하는 속성을 지니겠다는 게 아니다. 분노하고 대립하고 권리를 말하는 이로 존재하는 동시에 혼자 슬픔에 빠지는 순간에도 타자를 헤아리는 존재가 되고 싶다고 다짐한다. 그 방식은 동물적으로 체득할 수도 있지만 후천적 학습으로도 익힐 수 있다. 자아가 폭주하지 않고, 비대한 주체를 선두에 놓지 않고, 다른 존재와 동행하는. 자신에게 심취하거나 경도되지 않으며 누구도 짓누르지 않고 원대히 넓어지는.

철인, 신화, 천재 같은 단어는 주로 남성적인 이들이 애용한다는 편견이 있다(하위 빈도로 더 뒤져보면 필자의 졸고, 오호라 통재여, 총대를 메자면, 까라면 까야, 역린을 건드려, 강호의 도리, 발칙한, 작금의, 실로 통탄치 않을 수 없는, 자고로, 우리네, 어머니가 차려주시던 따뜻한 집 밥, 쫄지 마, 참교육 등을 꼽을 수 있다). 내게는 이들이 고유하고 특별한 각각의 타자를 나 외의 것, 나아가 거악으로 대충 섞어버리고 자신을 신격화, 신성화하는 데 익숙하다는 고정 관념도 있다. 오해 하나를 더 얹는다면 이들은 그 행위가 객관적이고 중립적인 짓이라고 여기는 것도 같다. 그런 게 강함이라면, 강인하다는 게 본인 안위 외에 신경 쓸 일이 없다는 상태를 일컫는다면 나는 이 힘을 거부하고 싶다.

얼마 전 냉면집에서 본 노년 남성의 모습은 인상 깊었다. 펄펄 끓는 갈비탕이 뒤통수에 있는데도 손을 휘저으며 큰 소리로 말을 늘어놓았다. 뚝배기를 든 직원이 주의를 줘도 듣지 못했다. "나는, 내가, 나 같으면"으로 시작하는 말을 끊지 않았다. 주변 사람들이 그의 음식이 놓일 자리를 분주히 마련했다. 수저와 물도 남이 준비했다. 그는 앞에 놓인 식기와 상차림을 내려 보고 불편함 없이 밥을 먹기 시작했다. 매끄러운 동선이었다. 자신 하나로 가득 찬 그가 놀라우면서도 놀랍지 않다는 게 먹먹했다. 이 사람이 과연 남성성을 과대표하고 있는 것일까.

미래의 빛이 여성성에 있다면, 내가 지니고 가야 할 여성성의 특징은 이런 게 아닐까. 다른 이와 늘 수평적으로 만나는 것, 이곳을 여행객으로서 횡단하는 것, 여정을 통과하는 이들과 가능한 연대하는 것. 차이가 차별로 번지는 걸 주의하는 운동은 호흡만큼 중요하다. 존재의 우열을 줄 세우지 않고 각각의 현성과 잠성을 보려는 훈련은 매일의 식사만큼 필요하다.

울음소리가 더는 들리지 않는다. 자리에서 일어난 여자가 집으로 돌아가 따뜻한 국을 몇 술 떴으면 하는 바람이 든다.

ㅡ오래 울고 나서 진이 빠지면 맑고 심심한 된장국이 좋아. 염분도 채워지고.

엄마가 끓여주던 근대 된장국을 떠올린다. 오늘 많이 울었던 그가 내일은 밥을 삼킬 수 있길, 싱싱한 오이를 꺾어 고추장에 찍은 뒤 소리 내어 씹을 수 있길 기원한다.

금메달 아래,
월계관 밑에

　김연아 선수가 연일 피겨 기록을 갱신하던 시기에는 경기를 잘 챙겨볼 수 없었다. 사실은 피하고도 싶었다. 그때 나는 매일 10시간씩 만화방 아르바이트를 하면서 이런 질문밖에 만들지 못하고 있었기 때문이다. 내가 나가면 누군가 여기서 비슷한 노동을 할 텐데, 그 사람은 이 시간을 어떻게 버틸까. 바통을 받고 실상을 파악하면 나를 원망할 거야. 그럼 이 가학의 다람쥐통을 어떻게 멈출 건데.

　면접을 보는 날은 사장 머리통 너머 거대한 만화책장을 두리번거리느라 황홀하기만 했다. 중앙 전등이 꺼진 통로 소파에서 밤새 책을 읽다 눈을 떴을 때, 사방 벽이 만화라면 얼마나 기쁠까. 오랫동안 근무하면 한 번쯤 기회가 오겠지. 한 번쯤은 손님으로 와서 편하게 누워볼 수도 있을 거야. 나의 빅 픽처는 금방 박살이 났다. 청소에 예민하고 만화를 싫어하는 사장이 운영하는, 목 좋고 넓은 가게는 연일 호황이었다. 홀로 도맡는 업무는 30여 개가 넘었고 만화 칸 밖의 노동은 리얼하고 리얼할 뿐이었다. 끼니를 놓치다가 손님이 남긴 탕수육을 급하게 주워 먹은 적도 있었다.

곤궁한 나날 속에서 얼굴이 겨자 빛으로 찌드는 내게 김연아 선수는 대척점 자체였다. 비교한다는 것조차 어이가 없었다. 나는 이 강도 높은 괴리감을 어떻게 처리할지 알고 있었다. 전형적으로 굴지 좀 마, 하고 말리다가 결국 스스로를 몰아세운 뒤 발로 얼굴을 밟을 예정이었다. 콘트라스트 비율은 최대치. 역시 짓눌려졌다.

실제가 아닌 컴퓨터 모니터 상으로도 김연아 선수는 훌륭하기 그지없었다. 동작에서 선율이 흘렀다. 그는 빗방울, 보드라운 연꽃 표면, 바람에 흔들리는 버드나무 잎의 떨림 같은 걸 신체로 표현할 수 있었다. 손을 흔들고 눈꺼풀을 깜박이는 사람인데 나와 같은 지표면에 있는 것 같지가 않았다.

두터운 내 몸, 종일 가게 담뱃재를 들이마시는 폐, 누렇게 갈라져 피가 비치는 손끝, 락스 방울이 튄 옷가지들이 억누를수록 떠올랐다. 쥐 끈끈이 같은 생활, 생활, 생, 활. 한 달에 한두 번 캔 맥주를 뜯는 것으로 피로와 우울을 덜어낸 다음, 끝도 없는 밤낮을 향해 다시 더듬더듬 걸어나가는 내가 확대되어 보였다. 소처럼 일하고 고용자에게 필요 이상의 흐뭇한 미소와 신뢰를 받고 언제나 잠이 덜 깬 상태로 길을 걷는다. 그래서 녹화된 경기 화면을 보기 전부터 눈이 따끔거렸나.

당신은 어떤 하루, 어떤 삶을 사는 걸까. 매일이 혈투라도 하루하루 진보한다면 얼마나 벅찰까. 그리고 그렇게 되기까지 얼마나 고된 훈련과 인고가 필요할까. 질시랄지 동경이랄지 그런 감정에서 나오는 질문이 아니었다. 강력한 이질감, 나에 대한 명확한 판단에서 뻗어나가는 물음이었다. 여성도 남성도 아닌 시선과 열패감 가득한 사지로, 나오는 시간의 질 혹은 고뇌와 노무의 격이 다른 아름답고 우아한 인간을 바라봤다. 행동, 말투, 눈빛에 지금을 살아내려는 자세와 긍지가 촘촘히 쌓인 사람을 숨죽여 구경했다.

아름다운 걸 무참히 소화하는 게 악습이란 걸 다행히 깨우쳐간다. 왜곡된 상을 수집하며 안락을 꾀하는 건 퇴행적인 심리다. 스스로를 언제 맘껏 좋아할 수 있을까. 지금이다. 합리화하고 자빠졌네, 이런 자책 없이 언제 나를 힘껏 다독여줄 수 있을까. 지금이라고.

여력이 없는 궁핍한 생활 속에서 인간은 쉽게 찌그러든다. 인색과 냉기는 고즈넉한 고독, 충만한 개인성과 완연히 다르다. 이 시기의 처지 비관은 90퍼센트 과로에서 비롯된 것이었다. 그런데도 내일이 오늘 같을 거란 예단의 힘은 강력했다. 스스로에게 관심도 성의도 없을 때 쓰는 눈가림용 푸념, 아무 전환 없는 일상, 고요한 참패. 나는 이 관성에 죽을 때까지 반기를 들어야 한다고 생각했다.

오래전, 중계방송에서 본 마라토너 이봉주 선수를 떠올린다. TV를 켰을 때 그는 마침 케냐 선수를 제치기 시작했다. 이 선수 뒤로 점점의 사람들이 보인다. 스타디움이 얼마 안 남은 지점에서 모두 일종의 마비상태로 뛰고 있다. 너덜너덜 풀린 다리, 간신히 달라붙어 있는 의식으로 아스팔트를 내딛고 내딛는다. 한국의 도로 한복판을 달리는 중국 선수는 무슨 생각을 하고 있을까. 타국에서 맨몸으로 낯선 땅을 박차는 지금을 그는 어떻게 기억할까. 누가 1위이건 각자 외로워보였다. 겨울 새벽 4시, 혼자 한강 오리 배에 앉아 있는 게 덜 으스스할 것 같았다. 인간은 대체 왜 달릴까. 어쩌자고 저렇게 뛸까. 턱관절이 아렸다.

경기 말미, 1위로 들어온 이봉주 선수에게 카메라 수십 대가 달려들었다. 아나운서가 한강의 기적, 세계 속의 한국 같은 말을 운운했지만 그는 그냥 앉아서 땀을 닦고 숨을 고르고 아이를 챙겼다. "엄마, 어디 있어?" 하고 아들이 말할 때마다 "엄마, 어디 있는데?" 하고 주위를 두리번거렸다. 초라할 정도의 일상으로 금세 복귀했다. 인터뷰 때는 월계관이 이마로 자꾸 흘러내렸다. 이목구비가 더 쾽해 보였다. 리포터가 격앙된 어조로 지옥훈련을 어떻게 견뎠는지 물었을 때 그가 말했다.

　－속도보다는 지구력을 키웠어요.

　38세의 이봉주는 간결하고 담담한 답을 내놨다. 그가 달릴 수 있었던 이유는 그러니까 한 가지. 그저 계속 달렸기 때문이겠지. 그저 계속. 해녀들이 한겨울에도 바다에 들어갈 수 있는 이유가 어제도 들어갔기 때문인 것처럼.

멀티태스킹이라 부르는
산만

– 저는 음악 빼고 다른 데 섬세하긴 싫어요. 음악에만 전력을
다하고 싶어요.

예능 프로에 나온 한 남성 뮤지션이 왜 요리를 못 하냐는 주
변 구박에 이렇게 대꾸했을 때 실소가 나왔다. 계란 한 알 부쳤
다고, 라면 하나를 끓였다고 기고만장인 남성들은 자신을 어떻
게 그토록 사랑할 수 있을까. 그들의 팽팽한 생색 내기를 목격
하다 보면 '야, 냅둬. 그럴 거면 하지 마', '아니다, 하는 게 어디
냐' 사이의 심정이 된다.

편의점에서 근무하던 오래전 어느 날, 함께 박스를 옮기던 남
자 알바생이 기절을 했다.

– 선생님, 여기서 뭐해요?

–어, 난 괜찮아.

근처 학원의 논술 강사로도 일하던 나는 학생(이자 손님)의 수심 어린 질문에 논리라고는 없는 대답을 내놨다. 돌아보니 나는 힘이 뛰어난 게 아니었다. 어느 일 하나에도 전력하지 못한 상태로 나노 단위의 업무를 군말 없이 유연하게 오간 것뿐이었다. 멀티태스킹이란 단어는 사실 끝없는 산만과 피로를 일컫는다. 신체의 모든 기관이 보호막 없는 촉수로 변하는 것이다.

어릴 때는 엄마가 샤워를 왜 그렇게 오래하는지 이해하기 어려웠다. 하수구 물때와 체모를 치우던 어느 날, 엄마의 긴 목욕엔 욕실 청소 시간이 포함되어 있었다는 사실을 깨달았다. 공중화장실에서 중·노년 여성들이 왜 문을 열고 일을 보는지, 그 짐작도 나중에 할 수 있었다. 타인의 시선을 아랑곳하지 않고 문을 연 채 용변을 본다는 건 습관에서만 가능할 텐데 그 습관이란 집안의 모든 상황을 눈여겨봐야 했던 조건에서, 기동력을 높일 상황에서 쌓이지 않았을까. 그러므로 나를 놀래킨, 열린 문 안의 여성은 대부분 어머니 아니었을까. 아이가 본인을 찾을까 봐, 이상한 걸 삼킬까 봐, 어디에 걸려 넘어질까 봐 늘 자신 밖을 봐야 하니까. 모든 곳에 관여하고 모든 것을 책임져야 한다고 믿으니까. 쓸모가 부끄러움을 매번 밀쳐냈으니까.

―아유, 귀찮으니까 그렇지. 전기세 아깝게 불은 왜 켜. 다 보여. 훤해.

컴컴한 화장실에서 문을 연 채 우두커니 앉아 있는 여자들은, 아이가 자라 곁을 떠나도 오래도록 그렇게 지낼 것이다.

폐암 말기로 오늘내일 사경을 헤매는 원로 코미디언에게 리포터가 이런 말을 한 적이 있다.

―완쾌하셔서 전성기 때 모습을 다시 보여주세요!

나도 누군가에게 이렇게 해맑고 잔인한 요구를 하고 있지 않을까. 보고 있지만 아무것도 보지 않는 눈으로.

나와는 노동 강도를 비교할 수 없는 엄마를 생각하지 않을 수 없다. 보험설계사, 교회 권사, 엄마, 아내, 며느리로 감수 분열하는 엄마는 흡사 기계장치의 신처럼 보인다. 일체의 여유와 잉여를 지우고 매일의 곤란 속에서 강철처럼 단단해진 엄마는 어떤 의미로 방황과 의심을 멈춘 채 일상에 휩싸여 있다. 맡은 역할에 부단히 속고 있다. 누구도 아닌 나 때문에. 내가 태어난 이후로 퉁퉁 불어난 관계, 의무, 습관 때문에.

20대 학생들에게 본인의 엄마가 되기 전의 엄마를 만날 수 있다면, 하고 싶은 말을 묻는 통계 결과가 화제가 된 적이 있다. 밝고 환해 보이던 그들 대부분이 결혼을 하지 말라고, 자길 낳지 말라고 썼기 때문이다.

- 미래에 나는 없어도 되니까 엄마 하고 싶은 거 다 하고 살아. 제발 결혼하지 마.

나 역시 같은 말을 전하고 싶다. 두 마디만 더 보태자면,

- 피임하면서 내킬 때만 연애해. 엄마 좋다는 사람 말고 좋아하는 사람도 만나고.

N년 후의 페미니즘은 엄마의 희생이나 자신의 경험이 동력이 되는 게 아니라, 단지 사회의 공통 윤리와 소양에서 성장하면 좋겠다고 염원하면서.

- 뭐가 이렇게 무거워. 나오라고 전화하지.

- 하루 종일 이리 뛰고 저리 뛰고. 물 한 잔 먹을 시간도, 전화할 힘도 없네요.

집에 놀러간 날, 퇴근한 엄마의 짐을 받아든다. 마트에서 장을 한가득 봐왔다. 너무 허기졌는지 봉투 속 영수증 말단에 양갱이란 글자가 찍혀 있다. 길가에서 포장지를 깐 뒤, 뭉개진 단팥을 씹는 엄마의 그 표정은 내가 놓친 그의 무수히 쓸쓸한 순간 중 하나뿐일 것이다.

엄마, 아무 근심 말고
더 멀리 더 자주 떠나

페로몬이
적은 동네

홍대 부근 작업실에서 4년을 보내는 동안, 연인들이 싸우는 소리를 매일 생중계로 들었다. 새벽녘이면 창가 쪽 내 자리에서 항상 듣는 말이 있었다.

- 아까 왜 그랬어? 네가 뭔 상관인데? 뭐라고? 다시 말해봐.

예비군 훈련이 있는 날이면 군복을 입은 남자들이 이 대사를 읊었다.

- 아, 놓으라고. 야, 말려말려. 아니, 아저씨는 빠지시고요.

홍대뿐 아니라 공덕, 대흥, 문래, 신촌 등지에 거주하는 동안 창문 밖 사람들은 시놉시스 없는 길고도 격정적인 드라마를 찍었다. 그런 밤이면 온순한 나 자신이 기특하다가도, 만취해 호랑나비 춤을 추거나 시바신 흉내를 냈던 날이 떠올라 어금니를 꽉

물게 되는 것이다.

　남쪽 지방 소도시로 이사를 온 후로는 소음과 소음으로 인한 상념이 급감했다. 저녁 8시가 넘어가면 대부분의 가게 셔터가 내려가는 데다 오전 11시부터 3시까지만 운영하는 식당도 즐비하다. 수도권에 비해 인구수가 적고 가옥 간 거리가 확보된 상태이므로 치밀어 오르거나 들끓는 분개도 덜한 편이다. 대신 이곳 주민들은 이 힘을 비축했다가 가을 축제에 전심을 다해 터뜨린다는 사실을 뒤늦게 깨달았다. 속절없이 풍진 세상, 대차게 먹고 놀란다. 근 일주일 밤낮을 가무, 폭죽, 풍등, 요리로 탕진하는데 강가의 대형 천막이 엑스터시 기운으로 너울대는 것 같았다. 시가 허락한 향락에 최대한 화답한달까. 이런 류의 공식 행사를 제외하고 이 지역의 성적 에너지는 지층 밑으로 가라앉아 잠잠히 흐르고 있다.

　일상은 한산하고 고즈넉하다. 타자를 의식하며 생기는 긴장도 격감했다. 포동포동한 길고양이들이 내 허벅지에 올라탄 채 1시간을 골골댄다. 뒷산에서는 드로잉을 하다가 초딩 몇 명과 친해졌다. 스트레스가 줄어든 건 환영인데 문화 인프라도 함께 줄어들었다. 수영장 길이도 이사 전 체육관의 반 토막인 25미터다. 미세먼지농도는 도심과 비슷하거나 가끔 낮은데, 밤마다 어딘가에서 쓰레기 태우는 냄새가 짙다. 층간 소음을 벗어나 담 간 연기를 만난 건가. 교통비도 대폭 늘어났다. 지방에서 지방을 가는 데도 교통편이 열악해 차라리 서울로 간 뒤 이동하는 게 더 빠를 정도였다. 30여 년간 체감하지 못한 이 부당함이 부끄럽 기도 했다. 나의 약도 가늠이란 늘 수도권 중심에서 시작되었으 니까. 서대문에서 태어나 마포, 일산을 거쳐 남하하고 있는 몸 은 늦게 만나는 진실에 동분서주한다.

지금 사는 집은 서울과 경기를 전전하며 집주인들의 냉대와 방관에 넌더리가 났을 때 조우했다. 월세, 전세금, 이사비에 치 여 뱅어포가 되어갈 즈음 부동산 직원이 책장 깊숙한 곳에서 검 은 장부를 꺼내와 물었다(거실에 물탱크가 있는 집까지 둘러보고 돌아온 날이었다).

– 갖고 있는 물건이 하나 있는데 좀 멀어요. 괜찮으면 여기 같 이 보러 가실래요? 프리랜서시면 서울 밖에서 생활하셔도 되잖 아요. 일은 파일로 전송하니까.

과연 수도권에 비해 파격적으로 낮은 가격이었다. 하지만 그 간 지방 살이 괴담을 자주 접한 터라 공포가 앞섰다. 무엇보다 사적 시간과 공간이 훼손될까 봐. 내가 고수하는 몇 안 되는 원 칙들이 쉽게 찌그러들까 봐. 하지만 집은 학교들 근처고, 집성촌도 아니었다. 토박이와 외지인이 뒤섞여 성장한 지역이다. 여성 운전자와 여성 경영인이 눈에 띄게 많기도 했다. 도시의 취업 형태와는 다른 양상이었다. 독립에 능숙해 보이는 다양한 여성들의 존재가 희미한 희망을 틔웠다. 동네를 탐색하면서 내 생각이 기울였던 게 다행이라 여겨졌다. 계약 후 낡은 집 내부를 천천히, 조용히 고쳐나갔다. 오히려 이웃들은 나보다 개인주의 성향이 짙었다. 이사 직후, 반찬 수납통을 구입해 인사차 건네 드릴 때마다, 눈망울에 조용한 경계심이 서려 있었다.

– 그런데 뭐하는 분이세요? 여기서는 뭐 할 게 없을 텐데.

– 저는 그림이랑 글 만들어요.

– 아, 그러시구나(수상해보이지만 설치지 않을 거지?).

동네 담벼락에 벽화를 그린다고 나대진 않을까, 소통을 한답시고 깝죽대진 않을까 적잖이 우려하는 기색이었다.

– '저의 내향성을 믿으세요. 7중 세라믹 코팅이라 이도 안 들어가요.'

나는 이렇게 대답하는 대신 입술을 말고 웃었다.

– 아이고, 시 쓰러 나가시나 보네요. 영감 받으시러.

아랫집 퇴직 교사가 나의 외출에 애써 의미를 부여할 때는 첫소리로 웃을 뻔했지만.

두어 계절이 지났을 무렵, 옆집의 노년 여성이 나를 불러 애호박을 잔뜩 안겼다. 그뿐인가.

– 이거 받아요. 얼려 놨다가 겨울에 눈송이 휘날리는 거 보면서 하나씩 먹어봐요.

입으로 시화를 만드는 그분이 담장 너머 작대기로 내려준 우유봉투 안에는 빨간 보리수 열매가 한가득이었다. 받고만 있을 순 없지. 복숭아를 한 꾸러미 들고 가서 미소를 짓는 순간,

– 사양할게요. 내가 준다고 이러면 부담이 되니까.

터벅터벅 집으로 들어서면서 그가 품은 극강의 품위와 자립성을 생각했다. 옆집 이웃은 금빛 지느러미를 늘어뜨린 잉어 같았고, 나는 잉어 똥 같기만 했다.

내가 이웃에게 보탬이 되는 일은 영영 없을 줄 알았는데, 어느 날 골목에서 남자들 서넛에 둘러싸인 그분을 발견했다. 이 구역 도시가스 공사로 현관 축대가 흔들린다고 민원을 넣었는데 시청 직원들이 찾아온 모양이었다.

– 에휴, 할머니. 거 말도 안돼요. 원래 휘어 있던 것 같은데. 아니, 혼자 사시면 자식들한테 한 번 고쳐달라고 하시지(노년 여성은 무조건 자식이 있는 할머니인가? 독신자는 고집을 부리는 무력한 개인이 아니라 건의할 줄 아는 엄연한 시민인데?).

– 그러니까 나만 참고 살면 아무 문제 없겠네요. 그럼 조용하겠죠? 근데 저는 해결될 때까지 항의할 거예요.

직원들의 괄시에 수동공격과 능동공격을 자유자재로 구사하는 이웃이 지국천왕으로 보였다. 하지만 가까이 가 보니 안면 근육 전체가 파르르 떨리고 있다. 당당한 말과 달리 눈가에 물기가 축축하다.

– 이거 튼튼했던 것 같은데. 수리 맡아주셔야 하지 않나요?

나는 움츠러든 그의 어깨에 내 어깨를 붙이고 말했다. 처음으로 연락처를 적어 건넸다.

집으로 올라가는 길, 오늘은 다른 노년 여성이 언덕에 기대어 있다. 인사를 건네니 귀찮지 않았는지 긴대답이 돌아온다.

– 안녕하세요. 젊은 분이랑 인사를 나누니까 반갑고 좋네요. 여기 사세요?

– 네. 이 근처 사시나 봐요(내공 부족으로 이을 말 척박).

– 저는 저 위에 살아요. 이제 또 올라가야죠. 오늘 행복하세요.

늘, 항상, 언제나 대신 오늘 행복하라는 말이 이렇게 듣기 좋을 줄 몰랐다. 과하지도, 박하지도 않은 좋은 인사다. 박막례 님의 레시피로 간장 국수를 해먹고 마당을 내다보니 계곡에서 흘러내리는 좁은 물줄기에 참새들이 머리통을 대고 목욕을 한다.

낮잠을 자려다 내다본 침대 창가에는 고양이들이 내뿜은 연근 구멍만 한 콧김이 한가득이다. 동글동글한 평안, 이루 말할 수 없이 귀여운 점들. 거리와 집 안팎을 채우는 건 페로몬 대신 러브 앤 피스. 나는 잔잔하고 대담한 이곳이 점점 마음에 든다.

지방 살이의 기쁨 편

잘 익어봐
이웃에게 받은 동글동글 애호박

넓어진 집, 사계 내내 아름다운 풍경

겨울밤
따뜻한 밤 버스
최고
어디든 늘 여행하는 마음

슬픔 편

가끔은 익명성 넘치는 24시간
카페 불빛이 그리움

벌집 찾았어
가짓
끝이 없는 뜰과의 사투

한적한 만큼 눈에 더 띄는
동물들의 처지

매일
늘어 나는
기쁨과
슬픔

둥근
가난

헛돈이란 은근히 나가지만 눈에 띌 정도로 움푹 파이기도 한
다. 지방으로 이사를 온 직후, 동네 의원을 두고 서울 큰 병원에
서 무릎 수술을 받은 일을 후회한다.

- 온수도 안 나오잖아. 고치려면 오래 걸릴 텐데 여기서 치료
받고 며칠 쉬었다 가.

엄마의 권유에 짐짓 못 이기는 척 수도권에 머물렀다. 속으로
'아이서울유'를 외치고 깨춤을 추면서. 그리웠던 매연 냄새를 한
껏 들이마시면서. 그러나 얼마 후, 서울행 고속버스를 타고 다시
방문한 병원에서 나는 청천벽력 같은 소리를 듣는다.

- 어, 환자분. 아직 실밥 뗄 시기가 아니네요. 덜 아물었어요.

예약일이 오늘 아니냐고 되묻지만 상처를 염력으로 붙일 수

없는 노릇이다. 나중에 들른 동네 의료원에서 1분 만에 소독이 끝났다. 이게 도합 얼마짜리 알코올인지, 피눈물이 났다.

경제 감각이 형편없던 20대에는 알바비 대부분을 음반과 책 구입에 썼다. 지금과 달리 원 가족과 함께 지낸 기간이라 가능한 소비 행태였다. 잠시 따로도 살았지만 가족이 근처로 이사를 하는 바람에 독립기간도 짧았다. 그때는 왜인지 지갑에 돈이 남아 있으면 답답했다. 술이든 밥이든 문화생활이든 지폐와 동전을 탈탈 쓰고서야 귀가했다.

─ 이게 다 뭐야. 너 사람도 안 만나고 이런 거 모았어?

친구가 방 한 켠의 CD벽을 보고 놀란다. 화장품도 옷도 안 사고 머리도 안 하고 저임금 노동으로 조밀조밀 모아온 음반들인데 그 편을 보면 웃기기도 하다. 뭔가 앙상해서. 애정을 갖고 모아왔지만 그게 아집 같아 보이기도 해서. 언제나 나를 위해서만 돌아가는 은빛 음반, 자유와 속박을 동시에 주는 완벽한 원. 타인에게 덜 무심할 수 있었을까. 외부로 더 끼어들 수 있었을까. 눈을 감고 플레이버튼을 누르지 않았다면. 골방에서 천장만 올려다보지 않았다면. 인류애에 대한 관념과 이해는 있지만 그게 무슨 소용인가. 뭉뚱그려진 채로 거리가 벌어진 사람들만 그립지 각각의 인간 내부는 도저히 참아낼 수가 없는데. 그때 내가 좋아하던 이들은 멀리 있는, 오랫동안 보지 못한, 숨어 있는, 말하지 않는, 그래서 관심도 안부도 보낼 수 없는 사람들이었다.

　정리한 CD와 책들을 중고판매점에 넘기고 돌아오던 어느 저녁, 누가 봐도 눈에 띄는 종이박스에 걸려 나자빠질 뻔하다가 잘못 살아가고 있다는 생각이 또 들었다. 헐값으로 남은 것이 이뿐일까. 죽은 쥐를 봐도 놀라지 않고 물끄러미 쳐다볼 수 있을 것 같았다. 말할 수 없이 마음이 얼었다. 마음? 그건 너무 유약하고 착한 단어. 편협한 시야로 고개를 들면 나뭇가지들이 나무기둥을 못 참고 터져 나와 있는 것처럼 보였다. 조용히 자신의 매듭을 터트리며 자라는 식물. 그래서 흔들리지 않는 걸까. 양파도 안개꽃도 조개도 석류도 자기 자리에서만 터진다. 스스로를 밀어올리고 어느 순간 또 닫는다. 엄격하고 확고하게 성장을 한다. 모두들 외로된 사업에 골몰하고 있다. 사람만이 듣기 괴로운 언어를 내뱉으면서 이곳저곳을 뿔뿔이 돌아다닌다. 외롭고 고되게 매일매일. 지겹지도 않게, 지치지도 않고.

　나는 누군가와 말을 나누면서, 손을 잡으면서 이따금 왜 더 쓸쓸해졌을까. 가까워질수록 서로 닳아버렸던 건 아닐까. 20대에는 어느 정도의 폭력과 훼손이 수반되어야 돈독한 관계가 성립된다는 게 아이러니했다. 소소한 다툼, 어색한 화해, 거기서 피어나는 성장과 사랑. 우당탕 명랑만화나 혈기방장 하이틴 드라마처럼 갈등이 싱그럽게 해결되면 좋겠다고 생각했다. 깨끗한 용기를 내어 뭔가를 전하고 기다릴 수 있길 바랐다. 그렇게 하지 못할 거라면 내가 더 조용해지길 원했다. 언제나 이도저도 아니게 시간에 의지하면서, 개입은 하지 않으면서, 밀쳐질까 봐 겁내면서, 그걸 관계라고 부르기도 했다. 내게 학을 떼고 달아날 사람들이 생길 것 같았다. 그리고 그때 내가 아무 행동도 하지 않을까 봐 두려웠다. 성격적 결함이 성격이 되어갔다.

ㅡ 글도 그림도 네 시선은 대상에 대한 애틋함에서 끝나. 너무 허름하지. 이제는 한 걸음 더 나아가야 하지 않을까?

뼈아프게 건설적인 의견을 건네는 친구들이 있다는 건 불행 중 다행이었다. 감췄다고 생각했던 약점은 이미 줄줄 누수되고 있었던 것이다. 내게 들러붙은 건 물리적인 가난만이 아니었다. 심리적인 가난도 온몸을 덮고 있었다. 척박한 현실에 강력히 마취되다 보면 몸이 폐쇄적으로 변하고 위축된 정신으로는 내일, 내일 이후의 나날을 상상하기 어려워진다. 끝없는 원이 좁게 돈다. 다른 원과 만나지 않고, 넓어지지 않고. 이 절망의 폴카가 무서운 건 그게 한없이 똑같은 자리라는 사실이다.

ㅡ '너는 비루해. 이럴 사람이 아닌데. 무슨 근거로? 세상 평계

댈 것도 없어.'

  손을 놓지 않는 나와 인사하지 않으면, 편안했던 단념을 떠나보내지 않으면, 영원히 낮고 어두운 동그라미 속에서 같은 노래를 하는 사람이 될 것 같았다. 빙빙 도는 동안 표정이 지워질 것 같았다. 20대의 끝자락에서 나는 자기연민과 나르시시즘이 결국 데칼코마니라는 걸 천천히 인정했다.

버지니아 울프의 조언은 오늘도 유효하다. 여성에게 자기만의 방과 경제적 자립은 필수이다. B와 나는 각자 번 돈을 각자 운용하고 있다. 서로의 정확한 수입과 지출 내역은 모른다. 형편이 되는 사람이 간혹 생기는 구멍을 메우고 공동으로 소유한 통장에는 문화비, 응급비(언제 일어날지 모를 일에 대한 비상금으로 이를테면 고양이들의 입원비)를 넣고 있다. 둘 다 직장인이 아니니 본업 일감이 없을 때는 곧장 다른 부업을 찾는다. B가 드라마 보조출연, 택배상하차, 폐자재 공장에 나갈 때 나는 식당 서빙, 병원 청소, 복지재단 파견 근무를 나가는 식이다. 땀띠로 가득한 B의 등판에 연고를 펴 바르고 나면 그가 내 찬 발을 주무른다.

ㅡ도시가스 공사 내역비 안내장 왔더라. 400 정도 예상했는데 550이야.

ㅡ파이프 교체하고 설치비 추가되면 근 600이겠네.

ㅡ그래도 할부금 납부하면서 따뜻한 물 쓸 수 있는 거지?

ㅡ응. 이제 우리도 온수 나오는 집에 산다. 물 끓여서 나르는 시시포스 목욕 끝!

잔고는 보잘것없지만 버는 일을 중단하면 생존, 나아가 자존이 가능하지 않다.

유년 시절의 동네는 가난과 소란으로 왁자지껄했다. 사철탕

집 자루에서 기어 나온 뱀들이 하수구로 빠져나와 졸도한 이웃도 있었고 플라스틱 말이 아닌 진짜 말을 모는 행상인이 나타나면 아이들이 줄을 섰다. 눈동자가 은하수인 말이 한참동안 오줌을 싸면 길이 다 젖던 곳이었다. 어느 여름, 모둠별 과제를 한다고 친구들이 우리 집에 들이닥쳤다. 한참 있다 한 남자아이가 화장실이 어디냐고 물었다. 생각지도 못한 질문이라 입을 꾹 다물었다. 동네에는 푸세식 공동변소가 딱 하나 있었고 나는 쉬가 마렵다는 그 애를 좋아하고 있었기 때문이다. 삐걱이는 나무판자, 좁은 창틀 위로 누군가 잡귀를 쫓는다며 올려둔 시루떡, 돼지만큼 통통한 똥파리. 나는 내가 쓰는 일상을 그 애에게 절대 보여줄 수 없었다. 집주인 아주머니가 미닫이문을 열었을 때 누구냐는 친구들의 물음에 헛소리가 튀어나왔다.

– 어, 우리 집 일 도와주시는 분이야(어리둥절해하는 집주인 면전에 대고).

– 가사 도우미 그런 거야? 너네 집 그런 사람도 써?

다시금 화장실을 알려달라고 보채는 그 아이에게 맥이 풀린 손끝으로 하수구를 가리켰다.

– 그냥 여기에 싸. 우리 안 볼게. 화장실 수리 중이라서.

– 뭐라고? 진짜? 여기에다?

그는 바지춤을 내리는 시늉을 하며 숨이 넘어가게 웃었다. 흥미로운 일탈이라 여기는 것 같았다. 농담 투로 감싼 내 진심이 얼마나 절박한지도 모르고 야속하게. 친구들이 돌아간 뒤 쳐다본 비닐 옷장의 꽃무늬가 유독 흉하고 우악스러워 보였다. 그날은 내 생활이 야만에 가까울 수 있다는 추정을, 내 공간이 창피할 수 있다는 의심을 처음으로 진지하게 품어본 하루였다.

가난은 불편할 뿐이라는 말을 믿는 사람들은 이제 드물다. 가난은 억만 개의 층으로 이뤄진 계단 같아서 먼 저편을 보면 까마득하지만 바로 위 칸과 아래 칸은 그저 촘촘해 보인다. 비교와 자족은 둔중하고 정교하게 이뤄진다. 그리고 이 계단은 오래전에 늘어나버린 아코디언이라 더 이상 아래가 위로, 위가 아래로 요동치지 않는다. 흔들리지 않는, 물결 없는 가난은 고장 나 딱딱해진 악기. 아무 음도 새나오지 못한다.

어떤 불편은 감내하면서, 어떤 변수는 해결해가면서 매일을 디뎌갈 뿐 묘수나 요행은 없다. 가난에 관한 무리한 합리화도 불운 배틀도 암담하지만 가장 캄캄한 건 초연한 낯으로 모든 권리를 반납하는 것이다. 아무 요구도 없이, 착취를 착취라 부르지 않고, 공존은 입에도 안 올리는 지경에 다다르는 것이다. 2013년 겨울, 대선 결과를 보고 모두가 망하는 중편 SF를 쓴 적이 있다. 그 소설 이후 미래를 디스토피아로, 최하층이 끝없이 방치되는 사회로 그리고 싶지 않은 건 그 상상이 일리 있더라도, 그런 세계가 합리적인 전망에서 설계됐더라도, 글 속에서 다른 곳을 바라보지 않으면 내 현실 인식이 나를 가볍게 먹어치울 것이기 때문이다.

작은 텃밭의 연두색 토마토를 보며 생각한다. 도래할 나날이 비극이라 말하는 건 현명한 태도일지 모른다고. 하지만 중요한 건 엇비슷한 예측 속에서도 그 세상을 살아갈 사람들의 안식과 사랑을 어떻게든 찾아내는 거라고. 그래야 각자의 원을 벗어나 다른 원과 포개질 수 있다고.

서울 1박 후 귀갓길

아빠의
수필

　아빠가 의욕적으로 자서전을 쓰고 있다. 올해 초, 불쑥 지금
까지의 삶을 돌이켜보고 싶어졌다고 한다. 이런저런 참고용 책
들을 추천하니, 읽고 따라하게 될까 봐 안 보겠다나. 공사 현장
에 나가지 않는 날엔 책상에서 골똘히 이런 기록을 남긴다고 했
다. 아빠에게 허락을 맡고 한 부분을 옮겨본다.

　〈배추꽁다리〉
　난 채소 중 무를 아주 좋아한다. 각종 생선찜의 무는 물론이고
고깃국의 무, 무생채 날것도. 가을철 김장무의 파란 부분도 물론
좋고 시골에서 땅 위로 파란 부분을 약간 내민 것도 좋아한다. 무
가 길게 올라와 있는 것은 단무지용이라 맛이 없다. 칼로 줄거리

를 자르고 손톱으로 껍질을 벗기면 잘 까지는 것이 제일 맛있다. 어떤 것은 손톱으로 벗기려고 하면 조각조각 떨어지는 것이 있는데 그건 맛이 없다. 깎았는데 바람구멍 숭숭 있는 것도 맛이 없다. 김장 채소 중에서도 제일 맛있는 것은 배추꽁다리이다. 이건 별도의 요리가 필요 없다.

우리 집은 김장을 200~300포기를 했었다. 지금과 같이 염장된 게 아니고 꽁다리 있는 배추들이었다. 어머니는 예쁘고 실한 것을 골라내신다. 아버지는 구덩이를 파서 가마니를 넣고 중간에 나무로 받쳐 놓은 다음 흙을 덮고 엄마가 골라주신 배추와 무를 넣고는 입구를 지푸라기로 막아 놓으신다. 추운 겨울철 가끔 무를 꺼내오면 엄마가 깎아 주시는데 그 맛은 대단했다. 배추로는 된장국을 만드는데 달고 시원하고 어떤 음식도 못 따라온다. 무를 자른 뒤 이파리는 엮어서 벽에 걸어놓으신다. 그것으로 된장 풀고 시래기 국을 만들면 이것 또한 별미인데 엄마는 거기에서 멸치는 골라 주셨다. 모든 국의 멸치는 난 다 건져내고 안 먹었다. 멸치는 식감도 별로였다.

유전자변이, 농약, 기후변화 등으로 우리의 먹거리는 자꾸 브레이크 없이 종착역으로 향해 달리는 기차의 운명 같은 위태로운 세상을 살고 있는 것 같다. 후손에게 뭘 남길 것인가.

유년 시절로 포근히 들어가 배추꽁다리 맛을 음미하다가 난데없이 새로운 세대를 걱정하며 웅변 투로 글을 맺는 양식이 귀엽다고 생각한다. 세상 까탈스러운 편식왕 어린이가 황급히 60대 남성으로서의 사회적 자아를 걸치는 모습, 무턱대고 GMO를 배척하는 자세도 흥미롭다. 하지만 이런 일기로 아빠의 반성 없음, 개인성이나 실용성으로 오해하는 이기, 무신경이 덮이지는 않는다. 아무렴. 이런 글을 읽는다고 그와 나의 관계가 드라마틱하게 돈독해지는 일은 없다(한국에서 나고 자란 딸들은 이 심경을 깊숙이 헤아릴 것이다). 나는 아빠를 순수하게 포용하던 세계에서 이주한 지 오래니까. 이제 내겐 (소프트웨어와 하드웨어를 통틀어) 갖가지 내성과 심각한 오염 물질이 겹겹이 쌓여 있으니까. 그럼에도 언젠가 그의 기록물이 소중해질 거란 걸, 취향과 관심사와 기호가 생생히 기억나리란 걸 지금의 무덤덤한 상태로도 짐작할 수 있다.

10편 남짓의 글을 보냈던 아빠는 작업을 시작한 지 3개월도 안 돼, 무려 60여 편의 글을 메일로 보냈다. 내려받은 파일이 마감 중인 파일 사이에서 존재감을 뽐내는 바람에 읽어갈 수밖에 없었다.

–아빠. 아주 자세히는 못 읽었는데, 일단 되게 재밌어.

- 재밌지? 아, 다행이네. 내가 쓸 때 제일 중점으로 둔 게 재미였어(늘 입을 일자로 다물고 말을 해서 발음이 불분명했는데, 본인이 집중하는 대화는 또박또박 전달력이 높다는 걸 깨달음). 이제 네가 손봐야지(?).

아빠의 나르시시즘은 예상보다 컸다. 내일 당장 출간하고 싶어 하는 기세였다. 오한이 일었다. 교정, 교열, 편집, 디자인, 제작, 홍보, 영업 등의 쓰나미 같은 제책일이 비전문가인 내게 닥치고 있었으니까. 어버이날, 식사 자리에서도 아빠는 계속 책 이야기뿐이었다. 엄마와 단 둘이 남게 되자 한숨이 크게 나왔다.

- 왜? 바쁜데 아빠 글이 부담돼? 내가 한 번 읽어봐야겠다('막 대하지 마, 내 짝이야'라는 눈빛).

문제의 파일을 열람하기 위해 엄마와 공장으로 가는 길이 떨렸다. 반응이 궁금한지 아빠는 자리를 지켰다.

- 굴리세린이 뭐야? 글리세린이지. 형이랑 무슨 10년 차이야? 9년 차이지.

워드가 열리자마자 엄마가 아빠 글의 오탈자와 오류를 쥐 잡듯이 잡아내기 시작했다. 나는 조용히 현장을 빠져나왔다.

터미널로 가기 위해 짐을 꾸리고 있을 때 엄마와 아빠가 돌아왔다.

- 내가 봤는데, 글에 가식이 있어. 살짝 포장하고 잘못은 숨기

고. 치부를 드러내야 독자가 마음을 열어. 그리고 글에 앞뒤 정황이 있어야지. 그냥 이랬다, 하면 돼?

　─ 쓴다고 쓴 거야. 맥락도 다 밝히면 갑갑해요. 독자가 상상할 여지를 줘야지.

　─ 재미는 있어. 근데 더 편안하고 솔직하게 써. 과오를 낱낱이 밝혀서 심판을 받아.

　둘의 대담을 들으며 웃다가 갑자기 웃을 때가 아니란 걸 깨닫는다. 내게로 흘러들어온 낯선 공격력과 허술한 방어력의 족보를 확인한다. 와, 정말 한 치의 오차도 없이 5 : 5로 균등하게 물려받았어. 그래서 이렇게 모순투성이로 살아가나.

　귀가 버스에서 소년과 청년을 완전히 통과하지 않은 아빠를 생각한다. 누군들 간결히 넘어설 건가. 성장이란 영원히 불가할지 모른다. 복잡다단한 인간이 일지라는 타협적 형식을 택하면서 그의 신경질적 면모, 심도 깊은 정신분석이 필요한 내부는 역설적으로 다시 은폐된다. 인류 대부분이 비교적 허심탄회하게 쓴다는 일기는 어쩌면 가장 오래된 위장술 아니면 망각을 위한 강박일지도 모르겠다. 사실은, 비밀과 진실은 아예 적을 수 없을 때가 많다. 나는 꽁꽁 숨긴 것들의 열쇠 꾸러미를 어디에 뒀을까.

아빠 역시 결국 말할 수 있는 것들을, 드러낼 수 있는 것들을 뒤져 본인의 딱딱하고 두툼한 손바닥 위에 올린다. 현장에서 수십 번을 다쳐 몸의 반이 거의 보철구인 포스트휴먼 아빠는 몇 해 전 강화 유리에 깔리는 사고로 왼팔꿈치가 다 으스러진 뒤 장애 판정을 받았다. 그런데 아빠의 글에는 그때의 고통과 공포가 나오지 않는다. 사기를 당했을 때도, 멱살을 잡혔을 때도 마치 남을 보듯 사건 경위에 관한 건조한 서술이 주를 이룬다. 내가 알고 싶은 감정과 그 배후는 과연 내가 감당할 수 있는 것일까. 아빠가 택한 화자와 자신과의 비판적 거리는 아마 본능적인 안전장치일지도 모른다. 아빠는 이런 기술도 보탠다. 짧고 감각적이며 탁월한 문장, 자기 검열을 거친 모호한 고백, 조금은 쓸쓸한 깔깔 유머. 그런데 이 노력은 나쁜가. 아빠에게는 방어형 인간이 건강해지려고 애를 쓸 때 발현하는 건강, 무언가를 내내 회피하는 사람이 보여주는 기묘한 성실함이 있다.

— 전화 돼? 집에 다 와 가? 아니, 아까부터 띄어쓰기가 안 되네. 어떻게 해야 돼?

버스가 깊은 밤을 달릴 때 울린 벨, 나는 책상에 몸을 붙여 앉은 아빠를 떠올리며 답한다.

— 자판 오른편에 Ins 키를 한 번 눌러보세요, 작가님.

그 후로도…

태어나 처음으로 아빠와 긴 대화를 하는 것 같다
질문의 양보다는 우리가 통화를 하고 있다는 사실이 놀랍다

도와 모 밖의
패들

올해부터 두 발과 대중교통 외의 이동수단이 하나 더 생겼다. 바로 전동 휠. 생각보다 조작이 간편하고 재빨라 이름도 기동이로 지었다. 저녁 운동장에서 초등학생들의 은근한 선망을 받으며 주행연습을 했더니 바깥 아스팔트길이 매끄럽다. 모래판에서의 철사장 특훈이 주효했나 보다.

전기충전이 끝난 기동이 앞에서 헬멧과 열쇠만 챙기면 동선이 늘어난다. 소음도 크지 않아 뒷다리를 핥던 길고양이가 고개한 번을 안 들 정도다. 개천을 따라 강변을 달릴 때면, 아무도 없는 길에서 속도를 높일 때면 내 안에 이런 질주본능이 있었다는 사실이 놀랍다. 거칠 것 없이 내달리는 게 좋아 입에 날벌레가 들어와도 웃는다. 가방에 든 옥타비아 버틀러의 책도 무겁지 않다. 밤이든 새벽이든 혼자서도 가뿐히 나가고 싶었다. 반려 장비 하나로 포기했던 야간 산책이 가동된다. 오랫동안 느리고 침착하다는 소리를 들어왔는데, 우유부단해서 순하고 답답하다는 지적도 들어왔는데 (덜 친할 때 특히) 세상 사람들, 제가 이렇게 민첩한 현대인이랍니다. 보드 판에 발을 올리면 야망이 드릉드릉 튀어나와요.

땡볕 속에서 B와 언덕배기의 집을 향해 걷다가 더위를 먹은 게 며칠 전이었다. 적응할 수 있다고 입으로만 말했지, 내 표정은 뭉크의 절규였나 보다.

– 괜찮다면서 혼이 나갔네. 근본적인 해결은 차를 사는 건데.

– 무슨 차를 사. 자전거 타면 되지. 오늘 확 더워져서 그래.

– 폭염에는 자전거도 지쳐. 차는 어려우니까, 전동 휠을 사자.

여름에 소극적으로 순응하며 도피할 생각만 하는 나와 달리 B는 여기에 징검다리를 놓을 방법을 궁리한 것이다(인정한다. 내게 자전거는 상용화한 교통수단이 아닌 이벤트용 기기에 가까웠다. 내키면 강을 건너버리고 돌아올 거리를 계산하지 않으니 한 번 타고 오면 줄곧 쳐다보지 않았다). 차를 산다는 머나먼 방안과 내리쬐는 직사광선을 참는다는 무계획 사이에 한 번도 고려하지 못한 작은 대안이 자리하고 있었다.

혹 아니면 백이란 두 개의 선택지가 아쉬우면 종이를 더 잘게 자를걸. 누가 불편한 카드와 더 불편한 카드를 내밀면 우아한 표정으로 판을 엎을걸. 차면서 차가 아닌, 빠르면서 느린, 오리너구리 기동이는 기술과 자연, 기계와 육체로 나뉘던 기존의 경계를 지우는 매개체가 된다. 평온한 나와 경박한 나를 한 번에 싣고 이원론을 부수어나간다. 정동의 교집합을 확장시킨다.

모 아니면 도 기질은 선천적인 것일까, 후천적인 것일까. 형편에 맞춰 지내다 보면 제하고 제하고 또 제할 것만 남는다. 새로운 것, 안 해본 것, 궁금한 것들이 뒤로 쌓이면 어느 날 폭주 상태가 된다. 보리밥을 먹은 뒤 갑자기 마카롱을 사고, 노브랜드에서 나와 원목 캣 타워를 결제해버린다. 암묵적으로 세워졌던 가성비 제방이 무너지면 희열은 짧고 자책은 길었다.

- 2월에 같이 부산 갈래?

- 여름도 아닌데?

- 그럼 어때. 꼭 바다를 봐야 하나. 동네 구경하자.

그럼 어때, 라는 목소리에 선선한 바람이 일었다. 마침 입금된 작업비도 있다. 돌연 KTX에 올라 역 앞에 나와 있는 친구에게 손을 흔든다. 이틀간 초량동 일대를 30킬로미터쯤 걷다 보니 도와 모 말고 다른 패들이 펼쳐졌다. 우리는 회 대신 떡볶이를 먹고 (부산의 가래떡은 유별나게 부드럽고 말랑말랑하다) 여행을 기념하는 귀여운 손수건을 샀다. 줄이 길게 늘어선 만두집을 지나쳐 괴이하게 적적한 러시아 식당에도 앉았다. 동네를 굽이굽이 도는 마을버스에 탔고 시장 앞 다방에서 보약 같은 쌍화차를 마셨다. 천만 개쯤 되는 계단과 싸우며 오른 언덕 끝, 대도시는 만화경으로 보는 도형 같기만 했다. 유튜브와 블로그에 나온 부산여행 꿀팁만을 피해 돌아다닌 듯한 우리의 동선은 뜻밖에도 어처구니가 없어 재밌다. 자잘한 실패, 헛웃음, 말려야 했을 용기, 감탄, 조용한 관찰, 폭소가 뒤섞인 여정 속에는 무수한 색채가 있었다.

여행으로 내면이 한 뼘 더 성장한다는 교훈은 믿을 수 없으며 믿을 바도 안 되지만 열차와 버스를 갈아타며 집으로 돌아오는 동안, 내게 고요한 패기가 감도는 걸 느낄 수 있었다. 가성비 설국열차를 이탈하니 천편일률 같았던 정경이 무지갯빛으로 반짝인다. 그러니 나처럼 자동차 없는 동지들이여, 핸드폰에 버스와 기차 어플을 깔아두면 어떨까. 내키면 언제 어디로든 갈 수 있다는 가능성이 주는 안도는 무척 크니까. 가끔은 확실했던 일상에 불확실한 일정을 넣어도 보자. 불확실한 일정은 다시 확실한 예매석이 정리해주니 걱정 말고.

800원 입니다

너는 홍차인가, 우유인가
너를 구성하는 주체는 누구지?
은은함? 텁텁함?

크음

딱 안 잘라도 되지
이 모호와 불투명이
매력인 것을

차갑게도 뜨겁게도
짱짱맛!

요즘은 무조건 싼 걸 택했던 습관에 제동을 걸고 있다. 특히 얼굴이나 성기 같은 약한 피부에 직접 닿는 물품을 고를 때 무턱대고 최저가를 집지 않는다. 평소보다 약간 더 비싼 휴지를 구입해보니(물론 특가세일 때였으나), 거기서는 흰 가루 먼지가 날리지 않는다는 사실을 알게 되었다. 싼 휴지는 말려 있는 상태가 헐거운 데 비해 지금의 휴지는 틈 없이 잘 말려 있다(어쩐지 빨리 줄더라니). 긴축 재정에 성공하고 있다고 생각했는데 품질이 떨어지는 물건을 골라왔으니 아낀 건 딱히 없는 셈이다. 업체의 염가품 제작방식과 소비자 개인의 정신승리는 이렇게 꼭 맞는 짝패관계였던 것이다.

종종 급식카드를 손에 쥐고 편의점에 들어간 어린이를 생각한다. 항상 사던 김밥 대신 젤리가 눈에 밟힐 때 아이는 고심할 것이다. 끼니를 해결하라고 지급되는 돈인데, 저걸 골라도 될까. 배가 고파도 젤리 맛이 궁금한데. 한참을 서성이다 늘 먹던 김밥으로 손을 뻗는 아이는 젤리만을 포기한 것이 아니다. 호기심, 성공일지 실패일지 걸어보는 작은 내기, 또래 문화, 알아갈 수 있던 자신의 취향과 기호. 안전이란 귀중하지만 작은 유희와 상실까지 지우는 안전의 기반은 부실한 것 아닐까. 김밥을 택한 아이 앞으로 너무 늦지 않게 쓸데없이 아름다운 것들이 찾아들면 좋겠다. 양배추가 말하는 동화, 고양이가 하늘을 나는 소설, 뭉게구름 같은 피아노 곡. 생활과 유리된, 다만 빛나고 덧없는 것들이 그에게 우연하게, 필연하게 가닿는 날이 있길 바란다.

어린 시절, 아빠에겐 떼먹힌 돈이 많았다. 자재가 적잖이 필요한 공사에도 계약서가 없었다. 언젠가는 대문 시공을 맡았던 출판사가 부도를 맞았다.

– 참나, 죄송하다고 이런 걸 주네.

아빠는 공사비 대신 창작동화전집 세트를 받아왔다. 꼭 필요한 세간만 있던 단칸방에 방문한 책들은 단번에 내 친구가 되어주었다. 아쉽게 끝난 마지막 장에는 연필로 그다음 이야기를 이어 쓰기도 했다. 매일매일 읽은 책을 또 꺼내는 나를 보고 엄마는 어디서 세계민담집을 구해왔다. 이야기 속 여자들을 더 그려보라며 달력 뭉치도 건넸다. 허약한 이 계기 덕에 나는 글과 그림에 애정을 붙인 사람으로 살아가는 중이다. 벌이도 시원치 않은데 무슨 은은한 옥빛 회고조로 안내를 다 하냐고? 이유는 하나. 종이 속 친구들을 만나면서부터 내가 외로운 날에도 완전히 혼자는 아닐 수 있었기 때문이다. 사람 대신 책을 친구 삼으면 이상한 사람이 되어 괴괴한 학창시절을 보낼 확률이 높아지긴 하지만, 고독이 어쩌면 충만과 비슷한 뜻이란 걸 체감하게 되는 건 그리 나쁜 일만은 아니다. 새로운 슬픔과 새로운 기쁨을 마주하는 순간은 사실 멋지기도 하다.

로드킬

　소다맛 아이스크림을 쥐고 산보를 나선다. 처음 보는 강아지가 벌떡 일어나 꼬리를 흔든다. 목줄이 너무 짧다. 자리는 똥밭이다. 가까이 가니 배를 뒤집고 오줌을 싼다. 어쩌자고 눈망울은 이렇게 해맑지. 그릇에 사료가 있는 게 다행으로 여겨질 정도다. 길고양이들에게 밥을 주면서 암담해질 때도 있다. 교미 때 암컷 표정이 무참해서다. 동태전 같은 얼굴로 인상을 쓰는데 어떻게 봐도 비통하다. 인간의 시선으로 보는 생태계는 전혀 자연스럽지 않다. 내 밖의 질서가 포악해 보인다는 건 졸렬한 판단일 텐데도 그렇다. 이날은 충격의 연속이었다. 대로로 방향을 틀었다가 또 자리에 멈췄다. 쥐똥나무 옆에 누군가 옮겨둔 고양이가 있었다. 차에 치인 듯했다. 너무 어린, 치즈색 점박이였다.

한국에서 사람을 보고도 도망가지 않는 길고양이는 굶주렸거나 임신 중이거나, 굶주린 채로 임신기간을 버티고 있을 확률이 크다. 며칠 전 만난 고양이도 그랬다. 나는 그 앞에 앉아 있다가 별 생각 없이 눈가에 눌러 붙은 검은 눈곱을 떼어냈다. 갈고리 모양의 눈곱이 사라진 자리에는 순식간에 얕은 핏물이 고였다. 입을 벌린 채 고양이에게서 손을 뗐다. 햇살이 쏟아지는 길 한복판이 서늘해지기 시작했다. 같잖은 개입, 도중에 거두어버릴 관심, 답 없는 질문은 무심보다 질이 나쁜 것 아닐까. 지속성 없는 온정은 시혜 아닐까. 고민과 염려를 거친 어떤 종류의 무관심은 윤리의 최종 지점이지 않을까. 그렇다면 한정적인 편애란 각자도생과 얼마나 다른가. 책임이란 정확히 무엇이며 그 범위는 어디서부터 어디까지일까.

폭염경보가 잦았던 지난여름, 종각역 앞의 한 노숙자는 두툼한 남색 파카를 입고 있었다. 거리에서 잠이 들고 잠이 깨는 그는 사계절 내내 그 옷을 피부처럼 여기고 있을 것이다. 눈곱, 얼룩, 악취, 피딱지, 땟국물, 기이한 차림이 보호 장비이자 방어책이 된 존재들. 길이 집인 그들은 비 오는 겨울 새벽, 검푸른 한기를 견디며 무슨 생각을 했을까. 아무런 준비와 이해 없이 함부로 왔다가 떠나는 사람의 발뒤꿈치를 얼마나 자주 쳐다보았을까.

만일 고양이가 말할 수 있다면 그들은 말하지 않을 것이다.

_난 포티

여성 창작자들과 로드킬 저감 프로젝트에 참여한 적이 있었다. 6개월간의 여정이었는데 첫 과정이 현장 답사였다. 주검을 찾으러 다니기 위해 자동차에 오르는 일은 태어나 처음이었다. 갓길에서 과속 차량들을 쳐다볼 때마다 귓가에 징이 울리는 것 같았다. 검은 땅 위에 밀려 붙어 있는 사체는 작았다. 털 뭉치와 얼룩은 이 당황과 통증을 영원히 이해할 수 없다고 말하는 것 같았다. 난간을 붙잡고 구역질을 해야 했다. 이런 식으로 죽어도 되는 생명은 없다는 판단만 들었다. 제한속도를 지키지 않은 운전자가 일부러 동물을 죽인 게 아니듯 동물의 호기심을 사인이라 부를 수도 없다. 목격자인 도로는 말이 없고 길 위의 생명은 계속 죽어간다. 이 살인적인 속도는 언제부터 우리의 필수품이 되었을까. 강이라 착각하는 수로, 길이라 믿는 폐쇄도로는 우리를 얼마나 둘러싸고 있나. 애도와 사과가 드문 사회이기 때문인가. 동물, 길, 인간이 만나면 필연적으로 죽음이 생긴다.

프로젝트가 끝나갈 무렵, 나는 도로에서 죽은 동물들과 여성들의 약자성이 비슷하다는 생각을 했다. 보라니, 라는 비참한 단어를 곱씹었다. 길을 건너려는 여성들을 밀어 없애는 대상들을 떠올렸다. 여성을 사이즈, 마인드, 초이스로 대하는 흔한 눈길과 셀 수도 없는 멸칭을 기억했다. 여성들의 진입을 막는 사회적 도로는 터질 듯이 많은데도, 개설과 보수가 더해진다. 도로가 위험하니 깊은 숲에서 절대 나오지 않는 여성, 맞은편 평원으로 가고 싶지만 공포에 질려 서성이는 여성, 차와 같은 방향으로 이동하니 안전하다고 착각하는 여성, 간혹 차량에 태워졌다고 안도하는 여성. 이런 비유가 참담할까. 하지만 강력 범죄로 죽어가는 여성들의 숫자 앞에는 아무 형용사도 부사도 붙일 수 없다.

　제한 속도를 준수하는 차들이 있고 때때로 생태 통로가 생기기도 하지만 사고는 끊이지 않는다. "이 땅은 원래 같이 쓰는 거야." 수습 이전에 이 목소리를 들어야 할지 모른다. 독식을 멈추라는 말에 귀 기울이는 게 먼저다. 편의의 추구가 누군가의 생존과 존엄 위에 자리할 순 없다. 당연한 소외와 희생을 전제로 한 효율적 공간이란 길이 아닌 지옥의 가장자리, 림보니까.

고통 한 줌 없는 곳에서
평온하길 바랄게

강물은
말이 없고

　겨울 낮의 한강이었다. 친구와 계단에 앉아 셀로판지 같은 물
결을 보고 있었다.

　– 철벅철벅 거리니까 바다 같다.

　– 진짜 왜 파도가 치냐? 갈매기도 날아다녀.

　– 지금 어디서 펑 소리 안 났어?

　고개를 돌리니 강물에서 누가 팔을 허우적거린다. 우리는 불
에 덴 듯 일어나 주변에 소리를 질렀다. 낯선 사람들과 손에 손
을 잡고 인간 띠를 만들었다. 줄 맨 앞 친구가 물 밖의 손목을 붙
들었다. 시멘트 바닥으로 끌려나온 여자는 주저앉아 외쳤다.

　– 왜 살려냈어요. 죽게 두지, 왜. 날 왜 구했냐고.

　그는 오들오들 떨면서 우리를 노려보았다. 어머니로 보이는

사람이 젖은 자리에 웅크려 울었다. 여자가 벗어 놓은 운동화를 들고. 추측해보자면 딸이 어머니 앞에서 강물에 뛰어든 것이고 사연은 알 수 없는 영역. 그건 하나의 이유일 리 없고 짧은 시간에 파악하기도 곤란하니 제대로 된 문답이란 불가하다. 애초에 묻고 들을 권리도 없지. 다만 여자가 입고 있던 오리털 파카의 방수 성능이 뛰어나 다행이란 생각만 들었다. 강에 떨어진 후, 옷이 밀어내는 엄청난 압력 덕에 그가 수표면에 둥둥 떠올랐기 때문이다.

행인들이 모여들고 말에 말이 붙어갔다. 우리가 부른 구급차가 강변에 도착했다. 붉고 큰 사이렌 소리가 초현실적으로 느껴졌다. 해가 잘 드는 벤치에 앉아 옷을 말릴 때 오래된 질문이 나타났다. 왜 생명체의 양식엔 죽거나 죽어가는 단 두 가지 형식만 있을까. 왜 인간은 긴 동면에 들 수 없지? 냉동인간은 우주밖에 못 가나. 죽는 게 아니라 오래 쉬고 싶을 때 그럴 수 있다면 좋을 텐데. 꺼지고 싶을 때, 보류하고 싶을 때, 부재하고 싶을 때 잠 외에 도피처란 없나. 충분히 쉬고 재부팅할 수 있다면 현재를 견딜 수 있을지도 모르는데.

친구와 나는 다시 발치를 본다. 물결이 무책임하게 흔들린다. 수면이 반사하는 풍경은 영롱하다. 하지만 그 속의 잉어, 쏘가리, 강준치는 어두운 몸을 이끌며 헤엄치느라 분주해 보인다. 탁한 물은 질문도 답도 없이 움직인다. 모두 태어난 이후 한 번도 정지하지 않은 심장을 갖고 있다.

등이 굽고 아가미가 벌어진 기형 숭어에 대한 뉴스를 보다 그날 한강을 생각한다. 버짐이 퍼진 붉고 검은 피부를, 튀어나온 한쪽 눈을 정면으로 보기 힘겹다. 생활하수 그리고 화장품과 향수를 만드는 머스크 케톤이라는 합성 화학품이 원인이라고 했다. 불교식으로 말하자면 한 집단의 포식으로 한 집단이 폐사하는 것이다. 이기, 해이, 독을 먹은 생물들의 모습이 사람의 거울 같기만 하다. 속도, 불안, 죄는 결코 존재의 먹이로 쓸 수 없다. 처음부터 먹이가 될 수도 없다.

-나 심장 큰일이래. 혈압이 너무 높아 위험하다네. 곧 죽을 수도 있대. 뭐? 안 들려? 아니, 나 금방 뒤져도 안 이상하다고 했다고. 듣고 있어? 아, 의사가 그랬어. 방금 검진받고 나왔는데 이게 뭐냐. 나 이제 어떡하냐.

언젠가 버스에서 큰 소리로 통화하던 남자를 기억한다. 방백을 하듯 말을 늘어놓는 까닭에 버스 안 나를 포함한 승객들은 그의 처지를 가만히 헤아렸다. 타인들에게 자신의 불안을 내보이며 역으로 불안을 추스르던 남자였다. 모두가 그의 얇고 투명한 심정을 접하고는 고개를 떨궜다.

　결혼식보다 장례식 갈 일이 늘어나는 요새, 그가 여전히 살아 있길 바라는 순간이 있다. 호소와 푸념으로 위장한 구조요청을 할 때, 단 한 사람이라도 곁에서 그의 말을 온전히 듣고 있길 소망한다. 죽어간다고, 위태롭다고 입을 떼는 사람에게 다른 업무가 있다고, 회의에 들어가야 한다고 답하지 않길 바란다. 그가 듣고 있냐고, 들리냐고, 뭘 하냐고 되묻지 않길 빈다.

　한강에서 자살하려는 여자를 구했던 친구는 지금 세상에 없다. 관계가 끊어진 이후로 그가 어떻게 살았는지 나는 궁금해하지 않았다. 누군가 근황을 들려주면 눈을 비비며 운동화만 내려봤다. 다른 얘길하자고 했다. 막힌 귀, 턱없이 작은 귀, 닫힌 귀 그리고 없는 귀. 나는 가장 마지막 귀가 되고 말았다. 뿌연 물거품 속 거무튀튀한 숭어 같은 사람이 되어 앞뒤 없는 물길을 산만히 헤친다.

　육신 너머의 세계는 암흑 하나일까. 거긴 단조로운 곳일까, 다채로운 곳일까. 아무것도 없다고 쉽게 말하는 나 역시도 어떤 죽음들을 기리며 더 작은 개체가 되었다. 기르던 개를 떠나보내고 갑자기 성당에 앉아 있다 나온 적도 있다. 부랴부랴 허둥대며 마음 누일 곳을 찾던 내 꼴이 지금도 보인다. 신자도 아니고 신자가 될 생각도 없으면서 비겁하게도 개가 좋은 곳에 가길 바라는 마음으로 의자를 차지하고 있었다. 안 하던 기도를 진심으로 했던 그날 이후로 나는 눈을 감고 손을 모아 기도하는 사람들을 비웃을 수 없다.

전화위복이란 말, 달리 생각해보란 말, 견디면 괜찮아질 거란 말은 고맙고 든든하다. 그 다독임은 기본적으로 인간의 호의와 선량에서 나온다. 하지만 어떤 시간, 어떤 이에게는 같은 언어도 매몰차고 부정확한 부산물로 느껴질지 모른다. 의식과 무의식을 온전히 번역하는 언어는 없으며 있어도 실패에 가까울 테니까. 그러니 우리에겐 넘치는 말 대신, 우두커니 입을 다무는 시간이 더 필요할 수 있다.

– 왜 살려냈어요. 죽게 두지, 왜. 날 왜 구했냐고.

그날이 반복돼도 같은 행동을 하겠지만 여자 옆을 금세 뜨지는 않고 싶다. 내가 살아야만 하는 이유를 알려달라고 소리치는 그는 곧 답을 찾아낼 것이다. 그리고 답 같은 건 있든 없든 중요하지 않다고 여기게 될 것이다. 그러니 내게 화를 내도, 고함을 쳐도 주춤주춤 다른 곳으로 걸어가진 않을 것이다. 들것에 실린 여자가 응급차에 오르고, 그 차가 먼 점이 될 때까지 입을 열지 않을 것이다.

페미니즘 라운드테이블 후일담

2019년 국제도서전에 패널로 참여한 적이 있다. 작가와의 만남 프로그램의 일부로 제목은 〈자매들의 연대: 페미니즘과 SF〉였다. 섭외를 받은 봄에는 6월이 멀게 느껴졌다. 사회자와 패널까지 다섯 명인데 뭐. 행사가 임박하자 몇 달 전 내 멱살을 쥐어 잡고 싶었다. 왜 그런 만용을 부렸나, 왜. 4월의 나는 입을 가리고 웃는다. 네가 알아서 할 거잖아. 어떻게든 끝날 거야. 다 지나가.

테러가 일어나는 건 아닌지 염려하는 참가자도 있었다. 나는 그보다 내가 무슨 헛소리를 하게 될지 두근두근했다. 간밤에도, 버스에서도 잠이 안 왔다. 심호흡을 마치고 노브라로 문 밖을 나섰다. 터미널에서 핫식스를 벌컥벌컥 들이켠 후 행사장으로 이동했다.

－ 저, 강연자인데요. 출입증을⋯⋯.

－ 그냥 가요.

모기를 쫓듯 손을 휘젓는 안전 요원의 얼굴이 너무 고단해 보였다. 부스에 도착한 나는 관람객들에게 한국과학소설작가연대 전단지를 나눠주며 멘탈을 속성 강화시켰다.

－ '서울 사람 여기 다 있었네. 코 베 간다고 코엑스인가(입 닫아).'

정신을 차렸다고 생각했는데 남자 화장실에 두 번이나 잘못 들어갔다.

리허설은 없었다. 발언 순서는 입장 직전까지 바뀌다가 얼결에 내가 첫 타자가 되었다.

－ '안녕하세요. 과학 소설가 중에 가장 비과학적인 작가입니다.'

같은 인사를 건네고 싶었는데 장내는 씨알도 안 먹히게 엄숙하다. 마이크가 고성능 바이브레이터도 아닌데 손이 마구 떨렸다. 앞줄의 여성 한 분을 쳐다보며 날뛰는 심장을 진정시켰다. 뒷장의 문답은 그날 내 파트를 최대한 떠올려 정리한 기록이다. 창피하지만 육성과 심박수가 드러나지 않는 지면이므로, 혹시 궁금할 분들을 위해 남겨본다. 더불어 잘 보이기 위해 거품도 섞어보려 한다.

지금의 페미니즘과 SF에 대해 어떻게 체감하고 있으신가요.

페미니즘의 입구에는 "여성도 인간이다"라는 말이 대문짝만하게 새겨져 있어요. 슬프지만 이걸 제발 읽으라고 반복해 말하고, 새로 환기시키는 게 여성 운동 역사의 트랙이었던 것 같습니다. 여성을 비이성적 존재로 봤던 칸트의 말을 인용하기 싫지만 타인을 수단으로 대하지 말고 목적 그 자체로 보라는 게 그렇게 어려운 요구인가, 묻고 싶은 일상이에요. 아시다시피 SF는 미래만 말하는 장르는 아닙니다. 저는 종종 또래의 북한 여성, 오래전 백제에 살았던 여성, 지금 대구에 사는 퀴어 장녀의 일상을 짐작해보려고 하는데요. 알량한 시도이지만 그러면 그때제 시간이나 인식이 조금은 열리는 느낌이 들어요. 30대에 진입하니 부끄러운 일이 더 많습니다. 30여 년을 수도권에서 보내다 몇 해 전 지방으로 이사를 왔는데 그때서야 체감하는 문제들이 있었어요. 버스표가 매진돼 터미널에서 1시간 40분을 기다리는 동안 제 고민이 얼마나 겉핥기였는지 깨닫게 되더라고요. 인구 대다수인 노년층, 환경 오염, 교통 형편, 문화 인프라 등 전방위에 걸친 구조적 낙차가 수도권을 벗어났다고 눈에 띄다니 스스로가 비좁고 막막했죠. 당면한다는 건 중요하지만 당면해야만 안다는 건 비좁은 시야일 수 있잖아요. 누구나 인용하는 수

전 손택의 말을 빌리면, 문학이 우리 아닌 사람과 문제에 이입할 수 있는 힘을 발휘하게 한다고 했는데 여기서 사람이란 단어를 존재로 바꾸면 이 문장은 SF에서도 통용할 수 있는 의제가 됩니다. 우리는 인터넷과 SNS로 과도하게 연결된 것 같지만, 엄밀히는 고립된 상태예요. 각자의 실존 조건에서 각자의 문제를 홀로 떠안고 있는 형편이죠. 저는 그럼에도 여러 비상구를 통해 우리가 희미하게 그리고 또렷하게 연결되어 있다는 걸 기억했으면 좋겠어요. 세계적으로, 자본 시장의 흐름에 있어서도 미래는 여성성이라는 걸 다들 의식하는 것 같습니다. 그러나 여성주의가 가진 전복성과 혁명성이 단순히 전시되거나 불쾌, 유쾌의 단일 감정으로 연출되거나 공멸하는 방향으로 가는 건 우려스러워요. 김보영 작가의 단편 《로그스 갤러리, 종로》에 '통쾌했으면 정의가 아냐'라는 대사가 있는데 요새 이 말을 오래 곱씹게 되더라고요. 저는 나와 우리 밖이 거악이라는 환상을 부수는 작업이 더 나오길 바랍니다. 현재 많은 픽션에서 남성적인 여성, 여성적인 남성, 다성, 무성의 인물들이 배치되고 있지만 적극적으로 여성적인, 맥락을 인지하려는 의지가 높은 이들의 목소리가 더 나오고 그걸 더 들었으면 해요.

어린이와 청소년에게 더 필요한 SF는 무엇일까요.

하루 이틀이 아니지만 한국은 유년기부터 없는 걸 꺼내고 있는 걸 가리라고 요구하는 곳입니다. 현실상이 이렇다 보니 미래를 비극적인 사회로 예측하는 건 논리적인 태도일 수 있어요. 그런데 이런 전망을 어린이와 청소년에게 투명하게 반영해 보여주는 게 옳은지는 의문이 남습니다. 영화 〈유전〉이나 〈기생충〉을 굳이 가정의 달에 안 보려는 심정과 비슷할까요. 아이들의 예기 실패나 상실은 발달 주기에 반드시 수반되지만 이 경험을 천천히, 안전히 할 수 있는 장치가 마련되면 좋겠어요. SF동화에 디스토피아가 다수고 이런 경향성이 지속된다는 논문을 접한 적이 있는데요. 문제는 이 안에서 기존 성역할이 고정되거나 강조되고, 도약과 해체가 필요한 문화 규범이 관습적으로 재현되는 것에 있습니다. 얼마 전 호주 단편 SF영화 〈아이맘〉을 봤는데 돌봄 노동 안드로이드가 주인공으로 나와요. 여기서 일하는 엄마는 세상 무정하고 건조하게 묘사되고, 아이맘은 가족 안에서 소외를 겪다 어떤 오류로 사고가 나는데요. 다 보고 나니 결국 양육은 친모가 맡으라는 으름장 같아 착잡했습니다. 상찬을 받는 영화던데 제겐 씁쓸했어요. 미래에 있을 법한 폐단을 극적으로 제시할 수는 있지만, 이러한 서사가 한둘이 아니라면 창작자와 독자 두 층의 재고가 필요하다고 봐요. 분류와 규정은 편의상 하는 건데, 이원론과 흑백 구도를 벗어나지 않는 작품이 많은 토양은 의심해봐야 합니다. 잣대는 간편해요. 그러니 약/강, 진짜/가짜, 자연/기술 등의 경계를 지워보는 작업이 필요합니다. 이와 함께 국면 전환과 동력이 있는 이야기가 더 부상해야 해요. 그렇지 않으면 아이들이 육중한 현실에 짓눌릴 수 있으니까요. 기술이나 자본의 속성이 직진성이라면, 여기 인본적으로 선악의 성격을 부여하는 것보다는 우리가 할 응대의 다면성을 다루는 자세가 요구되는 나날인 것 같습니다. SF는 아니지만 제가 좋아하는 그림책 몇 권을 소개하고 싶은데요. 초신타의 《끼리 꾸루》는 크고 외로운 공룡이 작고 자유로운 새와 친구가 되는 내용입니다. 존 버닝햄의 《우리 할아버지》는 병약하고 무력한 할아버지와 힘차게 자라나는 손녀의 연대감을 보여주죠. 리지아 보중가 누니스의 《노랑가방》에는 이야기를 쓰려는 욕망이 강한 여자아이가 주인공으로 나와요. 제게는 이런 구도가 멋진 전복으로 느껴져요.

여성과 과학에 대한 오해에 대해서는 어떤 생각이신가요.
어디서 봤는지 잊어버린 작법이 있는데요. 입체적인 여성 캐

릭터를 만들려면 초장부터 모든 성을 남성으로 쓰고 나중에 몇
몇만 여성으로 고치라는 팁이었어요. 놀랐고 서글펐죠. 여성, 남
성에 성차는 있되 분노, 공격성, 인지 능력, 상상력에 이르기까
지 차이란 없어요. 과학적으로 우열이 있다는 주장을 아직도 하
면 한탄스럽죠. 그래서 공적 저작물이나 발언에 있어 서술자
의 위치와 시선이 중요하다고 생각해요. 객관과 이성은 남성성
의 고유한 특질이 아닐뿐더러 이게 중립적인 태도에서 도출된
결과라는 주장은 몹시 위험합니다. 중립은 불가해요. 51:49라
도 각자의 입장은 있기 마련이니까요. 과학 소설이란 단어에 있
어서도 과학은 고정 진리, 소설은 사적 허구라는 편견이 있는데
과학과 소설 둘 다 학습과 관찰을 통해 움직이고 재구성되는 학
문에 가깝습니다. 상상 전에 공부가 필요해요. 여성성 역시 더
분석해 들어가면 이 안의 불온, 불화, 불가해함을 더 조명할 수
있어요. 이런 고백과 실험이 나와 있지만 더 나와야 하고 더 보
고 싶어요. 미래의 성, 출생, 양육 개념도 붕괴되거나 새로 쓰일
텐데, 그 변화를 깊숙이 고찰하는 이들이 해당 문제를 더 잘 다
룰 거라고 생각합니다. 나아가 그곳엔 입체성을 확보한 여성, 갈
등을 포용하는 대신 철저히 대립하는 여성, 다원적인 여성상들
이 더 출현할 것이라 믿어요. 자매 연대, 좋은 여성 서사, 성장이

란 지금 라운드테이블의 주제어도 나중에는 더 확장될 수 있겠죠. 자매 파탄, 나쁜 여성 서사로도 성장을 말할 수 있는 이야기와 담론이 더 공유되면 좋겠습니다. 규범을 벗어난, 벗어나려는 여성의 이야기는 용기를 주니까요.

귀가해 가방을 멘 채 코를 골 줄 알았는데, 못한 말이 생각났다. 세계 속담 중에는 이런 말이 있다. (오래되어 문제적인 표현이긴 하지만 소개하자면) "강을 건너려고 할 때, 지혜로운 여자는 방법을 골똘히 고민하고 미친 여자는 이미 강을 건너 가 있다." 가장 답답한 곳에서 가장 원하는 세계를 설계하는 건 약자일 확률이 높고, 그중에서도 장르 문학에 몸담은 여성 창작자들은 이미 강을 건너 간 사람들일지 모른다. 그들은 오래전 맞은편 강변에 진입해 진지하고 흥미롭게 그리고 혁신적으로 현실을 해체한다. 내 장편 《지상의 여자들》은 화내는 남자들이 없어지는 세상을 그린다. 당연하게도 비슷한 상상을 한 여성 작가는 많았고 더 진취적이다. 여성들만 사는 행성, 다른 시공간을 오가는 여성, 생식 기간에 성이 바뀌는 종족. 미리 만들어놓은 멋진 배, 잠수함, 우주선이 숱하다.

말도 글쓰기도 잘하는 작가들이 있지만 내 생각엔 주로 말을 못하는 사람들이 글을 쓴다(평소와 달리 말을 잘하는 작가가 있다면 그는 페이퍼를 거의 외웠을 것이다). 여러 직업군 중에서 비교적 과묵한 이들이 몰린 곳은 글쓰기 분야이고 그중에서도 SF 작가들은 (내가 느끼기에) 좀 더 내향적이다. 비사회성과 개인성이 강한 그들이 뭘 할까. 조용히 저항과 사랑을 키워간 그들이 응축된 힘을 어디에 쏠까. 글에서 새 세계를 만든다. 거기서 실험을 개진한다. 그러니 여성 서사를 쓰려는 내면적인 여성들은 본인의 관심사부터 떠올리는 게 중요하다. 무턱대고 참고자료 100권을 이고 떨지 말자. 멘토, 롤 모델, 은사님 같은 건 만들지 말고 (움직이는 대상을 맹신하면 고통) 혼자 책상에 앉아보자. 그리고 자신이 은밀히 미워했던 여성들, 말없이 사랑했던 여성들을 천천히 꼽아보자. 그때 왜 그랬는지, 지금은 어떤지 물으면 상황과 장면이 나타날 것이다. 그게 단락과 장과 이야기로 일어설 것이다.

올라오는
리뷰

긴장

작업이 세상에 나오면
고마운 호평과 함께
살벌한 혹평도 나타난다

멸종 위기 동식물이 주인공인
만화를 만들었을 때는

난 내가 정한 곳에서
계속 살아 가
너처럼 나도
예민해

↳ 위선 떨지 말고
너네 부모한테나 잘 해라

페미니즘 SF 소설을 출간했을 때는

— 실제 표지가 훨씬 훌륭

↳ 이 따위로 쓸 거면 칼럼이나 써라

어, 찌찌뿡!

↳ 안 그래도 쓰고 있었어요 !!

작업 비판인지 소재 비판인지 잘 분별 해야 하지만

그래도 쓰라고는 했네 ♪

— 흑화 중

전국의 여성 창작자 분들
우리는 서로의 용기·계보·역사 입니다
그께 쭈그러들지 말고 힘내부앙 !

3n의 세계

ⓒ박문영, 2019

초판 1쇄 인쇄 2019년 10월 21일
초판 1쇄 발행 2019년 10월 30일

지은이 박문영
발행인 이상훈
편집인 김수영
본부장 정진항
마케팅 조재성 천용호 박신영 조은별 노유리
경영지원 정혜진 이송이

펴낸곳 한겨레출판(주) www.hanibook.co.kr
등록 2006년 1월 4일 제313-2006-00003호
주소 서울시 마포구 창전로 70(신수동) 화수목빌딩 5층
전화 02)6383-1602~3 **팩스** 02)6383-1610
대표메일 book@hanibook.co.kr

ISBN 979-11-6040-317-6 03810

만든 사람들
기획편집 허유진
디자인 엄혜리